文春文庫

# ミッドナイトスワン

内田英治



文藝春秋

# ミッドナイトスワン

少女は眩しい太陽をただ見つめているのが好きだった。

幼い頃、広告の裏に描いた太陽は、いつもなんの考えもなく赤やオレンジで塗りつぶしていたけれど、よくよく見つめるようになってから、少女はそれが怖くなるほど純粋な白なのだと知った。見つめるといっても、もちろん長く見続けられるわけではない。ほんの数秒で、あまりのまぶしさに、反射的に顔を背けてしまう。彼女はそれがなんとも惜しくて、少し目を休めては、懲りずに何度も見上げるのだが、長く見続けることはどうしてもできなかった。

あまりに熱心に太陽を見詰める少女を、母親は激しく叱責した。「目が見えなくなってもいいの？」母はよくそういう言い方をした。

母が少女を叱るのはいつものことだった。少女の一挙手一投足に、母は目を光らせていた。チョコレートを食べることも、プレゼントやお土産の綺麗なリボンを集めることも、少女の心が弾むようなことは、なぜかことごとく母には許しがたいことのようだった。

　太陽から、足元の砂浜に目を落とす。強い日差しの反射で、砂浜は太陽に負けないぐらい強烈に少女の目を刺した。少女は目を閉じる。光に焼かれた目が、瞼を閉じていてもちかちかする。目を閉じると、やけに音が耳についた。

　波が砕ける音と、楽し気にはしゃぐ子供たちの声。ほとんど奇声のような声をあげ続けている男子たちの狂乱ぶりに、少女はさらに唇を固く嚙む。血の味がしてきた。少女はさらにぐっと自分の肉に歯を食い込ませる。

　なんで、そんなに楽しいの？

　心の中で呟く。少し呆れたように呟くつもりが、責めるような言い方になっていた。

　両手で耳をぎゅっと押さえる。それでも、けたたましい笑い声がたえることなく、聞こえてきた。次第に自分の中でぐうっと何かが膨れ上がってくるのを感じる。激しい、暴力に似た衝動。それは今生じたものではなく、ずっと彼女が抱え続けてきたものだった。それが今までになく、少女の形を壊しかねない勢いで膨張している。息をするのも苦しかった。

　少女は慎重に息を吐く。太陽がじりじりと頭のてっぺんを焦がす。瞼のうらの光の残像が消える頃には、外に向かう激しい感情は過ぎ去っていた。ただ、ここから消えたかった。耳をこじ開けてくるような笑い声を止めることができないのなら、自分が消えるしかない。

このまま白い砂の中に沈んで行けばいいのに。砂地獄に自分の体が一センチずつ埋まっていって、そのままここから消えてなくなればいいのに。

それが、叶わないのであれば……いっそ、太陽の光で目が見えなくなってしまえばいい。

少女は一度も海を見ることなく、そう考えた。

# 1

黒が重く溶け込んだような深い赤。そんな色のマニキュアのボトルを、凪沙《なぎさ》はうっとりと見つめた。ずっとほしかった高級ブランドのマニキュアだった。何週間も迷った末、ようやく手に入れたのだった。

新しいマニキュアを試すというのは、特別なことだ。

凪沙はうやうやしいといえるほど丁寧に、マニキュアをメイク台に置く。

ニューハーフショークラブ「スイートピー」の控室は、空気の通りが悪く、埃っぽいのが難点だったが、古い建物らしく、スペースは比較的ゆったりと取られていた。目を引くのは、メイク台の鏡だ。まわりにぐるりと小さな電球がとりつけられた鏡は、古いアメリカ映画の一場面を彷彿とさせた。まるで、マリリン・モンローが真っ赤な口紅を塗っているような。

定位置である、メイク台の真ん中に陣取り、凪沙は鏡の中の自分を、まっすぐに見つめた。

切れ長の目に、とがった顎。凪沙の顔はよく客から個性的だと言われた。美人とは言い難いけれど、一度見たら忘れられない顔だと。男性であった頃も「アメリカ映画に出てくるアジア人の顔」とわかるようなわからないようなことを言われたりもした。かわいいメイクや服装は似合わないことははっきりと自覚していたから、淡い色ではなくはっきりとした色、中でも赤を好んで身に着けるようにしていた。そんな赤に映えるつややかな長い黒髪は、凪沙の自慢だ。

鏡のライトをつけると、強い光に細かいしわや目の下のクマが飛んで、陶器のような肌に見える。最初にお店に勤めだした頃は、本当に魔法にかけられたようだと思った。あれから、長いことこの鏡の中の自分と向き合い続け、さすがに、魔法の効力が切れ始めてきたのを感じる。確実に年月は自分の顔にその足跡を残していた。

顔だけではない。手や指にも、年齢は確実に表れていた。凪沙はゆっくりとマニキュアのボトルを開ける。

効果の切れかかった魔法を補うのは、これまで培ってきたメイク技術と少々値の張る化粧品だ。

お高いメイク道具に実際にどれほど効き目があるのかはわからない。それでも、自分を奮い立たせる効果は少なからずあった。

マニキュアのブラシを、親指の爪にゆっくりと滑らせる。色を重ねるほどに、赤は深くなっていく。凪沙はそれぞれの段階の色を愉しみながら、丁寧に塗り続けた。

「ほらぁ、何を無駄話してるの。休んでる暇なんてないんだよ」

どすの効いたかすれ声が響いた。

控室の入口には、洋子ママが仁王立ちしている。

凪沙は一瞬手を止めたが、また、すぐに爪を塗り始めた。

洋子ママの話が長くなることはわかっていた。

洋子ママは女の子たちに向かって、切れ間なく話し続けている。今日することの指示や確認から始まり、この間の失敗に対する叱責、自分がどんなに苦労しているのかという訴えまで、洋子ママの話は、シームレスに続いていく。

洋子ママの声を聴くたびに、凪沙は声だけは変えることができない自分たちの宿命を感じた。男から女になることも、手術で女以上に女らしくなることだってできる。でも、声だけは、変えられないのだった。

中には喉仏をとる者もいるが、やはり声は変わらない。だから、皆、声の出し方を工夫して、自分が女性的だと思う声や、かわいらしいと思う声を目指して、声を作るのだ。

そんな中、洋子ママは声を作ることなく、低いかすれ声で通していた。お客の前でも、一切、変えたりしない。

洋子ママの年齢は誰も知らない。それでも、白粉が深く入り込むほどに刻まれた皺を見るに、古希は超えているだろう。男が女として生きていくにはあまりにも厳しい昭和の時代を生き抜き、バブルで不動産が高騰する直前、歌舞伎町の一角に店を構えた。昭和という時代を、今以上に理解のない時代を、女として生きてきた洋子ママの存在は、声など些末なことだと思わせる、迫力と説得力があった。

もともと落ち着いた低い地声の凪沙は、かわいい声を作ることも、かわいいふりをすることも苦手だった。そんな自分が長く勤めてこられたのは、洋子ママの店だったからかもしれないと思うこともある。

とはいえ、延々と続く嗄《しゃが》れ声の小言を、毎日のように聞かされていると、ため息もこぼれてしまう。洋子ママが来てから、集中力を欠いたせいだろう、明らかにマニキュアの色にもむらができていた。

「最近売り上げが減ってるの知ってるでしょう。もう少し頑張ってもらわないと。ほらほら、ちゃっちゃかちゃっちゃか手を動かす！」

一方的に言うだけ言うと、洋子ママは嵐のように店へ戻っていく。皆が一斉に、大きく息を吐いた。

「やっと行った。声が大きいったらありゃしない」

凪沙は爪を目の高さに掲げながら、ため息交じりに言った。

「ママが喚《わめ》き散らすからうまく塗れなくなったわよ。もう。コンビニの安物じゃないのよ、高級品なのよ。ゆっくりと念入りに塗って行きたいのにさ」

凪沙は自分の指と会話しているかのように呟いた。静かになったことで、右隣のメイク台から、しくしくと泣く声がはっきりと聞こえるようになった。しかし、凪沙はそちらを見ることもなく、塗りが甘い指に、さらに色を重ね始める。

「いい色ね。今度そのマニキュア貸してよ」

左隣に座っていた瑞貴《みずき》が、アイラインを引く手を休めずに言った。もともとぱちっとした目がアイラインをたっぷりと引くことで、さらに大きく見える。凪沙とは対照的な潔いほどのショートカットが、整った顔を引き立てていた。

「嫌よ。高いって言ったでしょ」

「何よケチね。原材料なんて大して変わらないわよ」

瑞貴は国立大学で理工系を専攻していたという変わり種で、時折、こうして妙に理屈っぽい言い方をする。

「本当は保湿クリームとか買いたかったのに我慢してこれ買ったんだから。もう、最近乾燥してるから肌がカサカサになっちゃうのよね」

凪沙はこれ見よがしに手をさすった。実際、凪沙の手は少しかさついている。

右隣からの泣き声は一向にやむ気配がない。

凪沙が突然マニキュアを塗るのをやめて、大きくため息をついた。

「ねえ、もういい加減にして」

凪沙は右隣の女――アキナを睨《にら》みつける。アキナの顔はマスカラやアイラインが流れ落ち、ファンデーションも剝げ、口紅もぼやけ、ちょっとしたホラー映画のようになっていた。

「可愛い顔してるんだから」

ひとまわり以上年下のアキナに凪沙は母親のような口調で言った。ホラー映画のような無惨な状態であっても、アキナの美しさは際立っていた。男だったとは、言われなければ、誰も気づかないだろう。冷やかしで来る女性客も本気で嫉妬するような美貌の持ち主だった。しかし、アキナは泣きじゃくりながら「可愛くないもん」と口をとがらせて言い張った。

凪沙と瑞貴が顔を見合わせる。これほどの美貌をもちながら、謙遜されても、嫌味に感じられるだけだ。店のナンバーワンであるアキナはプロポーションも抜群で、何より若かった。

これだけ全部持っているのに、何が足りないっていうの。凪沙は薄い肩を震わせて泣くアキナを見つめる。答えは毎日、同僚として付き合う中でなんとなくわかっていた。自信だ。これほど何もかも持っているのに、彼女は自信が持てずにいる。

「だって……だって……可愛いんだったらなんで連絡くれないのよ？」

アキナはぐずぐずと洟《はな》をすすりながら、スマートフォンをメイク台に置き、のろのろと手を動かし、ガムテープで胸の谷間を作り始めた。

どうやら彼氏と突然、連絡が取れなくなったようだ。

凪沙は自分の指に目を戻し、再びマニキュアを塗りながら、言い放った。

「ねえ、アキナ。顔がほんとにボロボロだよ」

小さな嫌味をこめて言ったつもりが余計に惨めになってしまった。どんなにボロボロな状態でも、アキナは自分より確実に美人だ。

「ボロボロの汚い車でも洗えば新車より高いんだから。嫌になるわ」

瑞貴が本音をこぼす。まったく同感だった。しかし、いくら嫌味に聞こえても、アキナが自信を持てずにいるというのは、多分、嘘ではない。

「若いんだからまた恋愛するチャンスあるよ」

さすがに少し気がとがめて、凪沙が優しく声をかけると、アキナは逆に再び激しく泣き始めた。

「またって……なんで別れたことになるのよ！　あんなに愛せる人もう二度と現れないわよ」

一番端で、まっすぐ前を向いて黙々とメイクをしていたキャンディがアキナを睨む。

美貌で客を魅了するナンバーワンのアキナと、美人とは言えないが愛嬌たっぷりな性格で客に愛されるキャンディ、二人は同じくらいの年のはずだ。

キャンディは腋に香水をふりかけながら、明らかに小馬鹿にした口調で言った。

「なになに？　もう一回言ってくれない」

「だからぁ、もうあんなに愛せる人いないの……」

「え、不倫なのに？」

傷つけようという意図をもった言葉に、アキナは顔を歪める。そして、吠えるように言った。

「うるさいっ！　あんたは黙ってて」

また始まった……。

肩をすくめながら、凪沙と瑞貴が目を合わせる。

アキナとキャンディは顔を合わせると口喧嘩ばかりしていた。大抵のことはユーモアたっぷりに受け入れるキャンディだが、アキナに対しては手厳しい。

「不倫なんてやめときなよ。あんたが傷つくだけじゃない。ただでさえブスなのに、そんなに泣いたら余計にブスになるわよ」

アキナをブス呼ばわりするのは、キャンディぐらいのものだった。しかし、凪沙はキャンディを乱暴な口調に駆り立てる気持ちがわかるような気がしていた。もどかしいのだ。不幸な恋ならここにいる誰もが一度や二度は経験している。だから、明らかに進むべきではない道に進んでいるアキナの姿を見ていられないのだ。その気持ちは多分、心配によく似ている。キャンディはきっと否定するだろうけれど。

「ほら、私もさ、今の彼氏と出会ったのって奇跡っていうかさ、運命みたいなものじゃない。だからアキナもさ、あるよ、次が」

「あんたのは彼氏じゃなく、金づるでしょ」

上から目線のキャンディの言葉に、今度はアキナがぴしゃりと言い返した。

確かに。凪沙と瑞貴は再び目を合わせた。

キャンディには推定五人ほどの彼氏が常に存在していて、その順位は提供する金品の総額で変動していた。

「何なのよ、その言い方」

「喧嘩売ってきたのそっちでしょ！」

ショーの時間が迫る中、アキナとキャンディはせっせと胸の谷間を作りながら、激しく言い合いを続ける。

これがスイートピーの控室のいつもの光景だった。

男の話に始まり、男の話で終わる。

いつだってそうだ。

ようやくマニキュアを満足する色に塗り終えた凪沙は、立ち上がり、アキナとキャンディの間に割って入った。

「いいかげんにしてっ。いつまで喧嘩してるの」

「だってキャンディが……」

「キャンディがじゃないの。喧嘩両成敗よ」

「……ごめんなさい」

「ごめん」

二人はほとんど声をそろえて、あっさりと謝る。凪沙が最終的に仲裁に入るのもいつものパターンだった。

「うちらの世界、アキナみたいに不倫に走る子が多いのは事実だけど……」

「そんなに不倫不倫て言わないでよ」

凪沙の言葉に、アキナはまたしくしく泣き出した。凪沙はあえて厳しい声でつづける。

「不倫は不倫でしょう。自分で認識してないと痛い目見るわよ。それと、キャンディも、若いんだしお金を持ってる男に夢中になるのもわかるよ。でも二十年後に自分が幸せかってことを二人ともかんがえなよ」

二十年後というのは、適当に口にした数字だった。しかし、口にした途端、その数字に自分の後頭部を叩かれたような気がした。二十年後、自分はどうしているのだろうか。幸せなのだろうか。そして、自分にとっての幸せとは、そもそもなんなのだろうか。

底のない深い穴を覗き込んでいるような気持ちになって、凪沙は慌てて、目の前の二人に気持ちを戻す。

「とにかく、男に消費されたら負けだからね。うちらみたいなのは」

それだけ言って、凪沙は立ち上がった。自分たちの危うさは重々わかってはいるのだろう。不本意そうながらも、二人は小さく頷いた。

凪沙とほぼ同時に瑞貴が立ち上がり、凪沙とハイタッチする。

「さすがお姉」

パシッと手が重なる小気味いい音が鳴った。

これがいつもの仕事開始の合図のようなものだった。

アキナ、キャンディも化粧を直し、衣装を整え、客の前に出る顔をつくる。

「もう泣かないで」

涙を拭い、綺麗にアイラインを引き直したアキナの頬を、凪沙はそっと撫でる。アキナは小さく笑って答えた。

「うん、泣かない」

アキナとキャンディも立ち上がり、四人は並んで、一斉に鏡で衣装をチェックする。四人は揃いの衣装を着ていた。白鳥を彷彿とさせる純白の衣装。腰元にはチュチュが揺らいでいる。

凪沙は白鳥をイメージしたこの衣装をとても気に入っていた。

四人は白い羽でできた頭飾りを手にし、バランスを見ながら、手慣れた様子で素早く髪に固定する。

準備を終えた四人が並んだ姿は、実に華やかだった。この瞬間だけは、凪沙も自分を美しいと心から思うことができる。呪いから解放され、夜だけ美しい姿に戻るオデット姫のように。

「凪沙さん、瑞貴さん、アキナさん、キャンディさん、お願いしまーす！」

黒服のボーイが控室に駆け込んできた。四人は小走りで、控室を出て、廊下を抜け、ステージへと向かう。

次第に大きく聞こえるお客さんのざわめきに、胸が高鳴る。

凪沙はこの瞬間が好きだった。

「どう、行く？」

帰る支度を済ませた凪沙が、瑞貴に尋ねる。瑞貴は「もちろん」と即答すると、バッグを手に取った。

二人は行く先を確認することもなく、歌舞伎町の区役所通りを歩いていく。大通りから少し路地を入ったところに、仕事の疲れを洗い流す美味しい酒を飲める店があるのだ。

大柄な二人は並んで歩くだけで、迫力があった。しかし、この歌舞伎町ではだれもわざわざ振り返って見たりはしない。ニューハーフショーやゲイバー、ホストやキャバクラ嬢、風俗嬢といったあらゆる夜の住人たちが行き交うこの街は、他の街ではどんなに異質な存在でも、当たり前のように飲み込む、度量の深さがあった。

歌舞伎町という街だけが、自分たちを受け入れてくれると凪沙は思っていた。どんなに時代が変化し、理解が進んだとしても、自分の故郷が今の自分をそのまま受け入れてくれるとはどうしても思えなかった。

将来、この街以外で生きていけるのだろうか？

いつまで、自分は白鳥として、ステージに立てるのだろう。

そんな不安がちらりとよぎったが、店に入り、酒のメニューを渡されるとどうでもよくなった。

美味しい酒を飲むこと以外、今大切なことなど何もなかった。

「私はおひねりもらってないから凪沙のおごりだからね」

「はいはい、分かりましたよ」

凪沙は鷹揚に頷く。個性的でエキゾチックな風貌と年齢相応の落ち着いた雰囲気を好み、凪沙を贔屓《ひいき》にする客は少なくない。対して、瑞貴はいつもおひねりをほとんど貰えずにいた。頭が良すぎる瑞貴は、客に対しても無意識に理屈でねじ伏せてしまうことも多く、ちやほやされたい客からの受けは最悪だった。

「お疲れー」

先にグラスを上げるのはいつも凪沙だった。きめ細かな泡が立ち上るビールのグラスを二人はカチリと合わせる。

「お疲れ、姉さん」

「ねえ、その姉さんってやつ、やめてくれない」

凪沙はうんざりした口調で言った。

店の女の子たちは皆、年齢を明らかにしていないから、定かではないが、もうすぐ四十歳に届く年齢の凪沙は一番の年上のはずだ。周りからも姉さん的な、母親的なふるまいを期待されることも多く、凪沙も仕方なしにその役割をこなしていた。

もともとあまり世話好きなタイプでもない凪沙にとって、それは、いささか気の重い役回りだった。それでも、若く経験の乏しい子たちに、社会で生きていくための最低限の情報を教えるのが自分の役割だと思った。

凪沙は人生のほとんどを男性として生きてきた。

人生のほとんどを隠れて悩むだけで過ごし、女として生きて行く覚悟を持ったのは三十歳を過ぎてからだった。

遅くとも、生き方を変えることができてよかったと思う。死ぬまでそれが出来ない人も多くいる。今の社会はまだまだ気軽にカミングアウト出来る状態にはなっていないのだ。

しかし、自分の悩みを聞いてくれる人がいたら、もっと早く変えられたかもしれないとも思う。答えまでは教えてくれなくても、ただ、側で悩みを共有してくれる人がいたら、と。

だから、凪沙は自分には似合わない役割だと思いつつも、姉や母のように慕われることを受け入れてきた。

しかし、瑞貴にまでそう言われると、少し寂しいような気持ちになった。

瑞貴は凪沙にとって、特別な存在だった。親友を通り越して、もはや家族に近い。三十歳を超えているであろう瑞貴は、店の中では年齢が近い方だ。誰より話していても落ち着くだけでなく、言葉にしなくてもわかり合えている部分がかなりあると感じていた。

何より大きいのは、お互いに性別適合手術を受けていない点だった。店の大半の子は、手術を済ませている。手術を受けたいのに、受けられないでいる。そんな状況を互いに抱え、愚痴や弱音を吐きあえることは、お互いの距離を近づけた。

凪沙にとって、瑞貴は対等に助け合える貴重な存在だ。そんな瑞貴にまで姉さん扱いされたら、凪沙は弱音を吐くところがなくなってしまう。

「だって姉さんじゃない」

瑞貴がからかうように言う。

「もう、嫌なのよ」

「わかった。わかりました」

瑞貴は降参と言うように両手を上げると、それからはもう凪沙を「姉さん」と呼ぶことはなかった。こういう瑞貴の人の気持ちに敏《さと》いところが凪沙は好きだった。どうしてこういうところが接客に活かせないのだろう。

凪沙はビールを一気に半分ほど胃に流し込んだ。泡とともに、疲れが押し流されていく。

凪沙は頬杖をついて、「どう、昼のほうは？」と軽く尋ねた。

「まぁ、ぼちぼちね」

瑞貴は昼間も仕事をしていた。

学会向けの専門書をつくる編集プロダクションだ。大学でバイオテクノロジーの勉強をしてきた瑞貴は能力を高く評価されていた。瑞貴はそこで偏見などを感じることもなく、のびのびと仕事をしていたが、なんせ給料が安い。スイートピーの仕事と合わせて、生活するのがやっとだった。

「この仕事じゃいつまでたっても手術は無理ね。凪沙は？」

「私もまだまだよ」

一年前も同じような話をしていた。一年後も、お互い「まだまだ」と言っているんじゃないかと思うと、ビールが押し流したはずの疲れがどっと肩にのしかかってくる。

「じゃあいっそのこと強盗でもしちゃう？　ヤフーニュースにのるわよ、ニューハーフ二人が手術のために強盗ってね。有名人になるわね」

瑞貴が真顔で言った。

「やめて。何バカなこと言ってるのよ」

「冗談よ冗談」

瑞貴は手をひらひらさせて笑った。凪沙は瑞貴のグラスにビールを注ぎながら、自分に言い聞かせるように言った。

「地道に頑張るしかないじゃない」

「うん、そうね。乾杯」

二人は再びグラスを合わせる。グラスはやけに澄んだ音を立てた。

スイートピーから徒歩二十分ほどのマンションに、凪沙は住んでいた。マンションとはいっても築五十年はたっているであろう古い物件だ。入居した時は、古臭くぼろぼろだった部屋を、自ら改装した。百円ショップやディスカウントショップの安い素材を使って、工夫を凝らしながら、少しレトロで落ち着いた空間を作り上げていくのは、大変だが楽しい作業だった。

窓辺には金魚の水槽が置かれている。

疲れた時、落ち込んだ時、ゆらゆらと揺れる金魚の尻尾を見ていると、なんとなく癒されるものがあった。

凪沙は欠伸を嚙み殺しながら、金魚にエサをあげると、昨日、無造作に放ったままのバッグを手に取った。

鏡を見るまでもなく、むくんでいるのがわかった。昨夜、瑞貴と思いのほか飲み過ぎてしまったことを後悔しながら、バッグからたくさんの千円札を取り出す。少しよれよれになった千円札。すべては客からもらったおひねりだった。ショーの後には、「みんな愛し合ってねー！」という洋子ママの意味不明なコールから始まるおひねりタイムが設けられていて、客は気に入ったダンサーに割りばしに挟んだ千円札を手渡すのだ。一万円を挟む客もいるが、めったにお目にかかれない。このおひねりはそのままダンサーのお金になる。あなどれない、大事な収入源だった。

凪沙はすべてのおひねりを、そのまま貯金箱に入れる。ぽとんと千円札を落とす瞬間の小さな快感を凪沙は噛み締める。

貯金箱とはいっても、それは砂糖などを入れる透明の容器だ。札がどんどん貯まって行くのが目に見えてわかるのが気に入って使っている。

もちろん給料などは、銀行で定期預金もしているが、実際に見える形でお金を貯めたかった。

少しずつ透明な容器の中のお札の山が高くなっていく。それは凪沙にとって大事なモチベーションになっていた。この貯金箱がお札でいっぱいになれば、念願の手術を受けることができる。

それが凪沙の目標だった。

「あ、そうだ」

凪沙はスマートフォンを取り出し、登録された美容外科の番号をコールする。三コールもしないうちに、クリニックの名前を告げる舌ったらずな女性の声が聞こえた。

「もしもし。武田凪沙です。今日の予約、まだ大丈夫ですか？　はいはい、では三時でお願いします。はい、はい失礼します」

電話を切った瞬間、着信音が鳴った。

凪沙に電話をかけてくる人はそう多くない。訝しむように、画面を確認した途端、凪沙はさっと顔を曇らせた。

「どうしよう？」

凪沙は一瞬悩んだものの、耳障りな着信音に急かされるように、思い切って画面をタップした。

「もしもし」

「健二ね？」

母・和子《かずこ》の上から押し付けるような、広島弁をきいた途端、凪沙は息苦しさを覚えた。子供のころからそうだった。母の声が苦手だった。母の声も、母のことも嫌いではない。苦手なだけだった。

「あぁ、うん、俺。どうしたんじゃ」

男らしい言い方を意識する。母にはまだ何も話していなかった。この先話すかどうかもわからない。

「元気しとるんか？」

「え、あぁ、しとるよ」

「たまには連絡せんね」

「なんじゃ？　用件は？」

凪沙は時計を確認しながら、いらいらと聞いた。美容外科の予約に遅れたくない。

「三紀子おばちゃんとこの早織、覚えとるじゃろ？」

凪沙は一瞬考えこむ。三紀子おばちゃんというのは母の妹で、自分にとっては叔母にあたる。その娘とも親戚の集まりなどで何度か顔を合わせている。しかし、それもだいぶ昔のことだ。正直、顔もはっきりとは思い出せなかった。

「うん。覚えとるよ」

「早織の娘の一果《いちか》。覚えとるんか」

「えーと、誰だっけ……」

「一果よ、一果。もう中学一年生になったんで」

「え？　あ、覚えとらんけど、その子がどうしたんじゃ？」

「早織はもう、なんて言うの育児放棄って言うんじゃろ、もう何もせんで遊んでばっかりおるんよ」

母の言葉に、たちまち、少し性格のきつそうな鋭い目の美少女が脳裏に浮かんだ。

そういえば早織は、地元では札付きの不良、いわゆるヤンキーだった。

東広島市という地方都市において、不良になることは通過儀礼のようなものだった。特に、人気のある、目立つ存在の子供ほど、その傾向は強かった。あまり目立つタイプでもない凪沙は、幸いその儀礼を通過せずにすんだが、早織は中学に上がる頃にはきちんと不良となり、十代で妊娠結婚出産を経験すると、流れるように離婚し、シングルマザーとなった。そんなことまでパタパタとドミノを倒すように思い出した。

「三紀子がもう病気じゃけえ、うちが面倒見よるんじゃけどな、役所から連絡来たんじゃ。一果が育児放棄されとるんじゃないかって」

「育児放棄……」

嫌な予感がした。

「虐待じゃ虐待。早織がテレビなんかに出たら嫌じゃろう。もう本当に困っとるんよ」

母は電話をかけてきた用件を切り出すことなく、延々とどれだけ困っているかを話し続けた。

嫌な予感はどんどん強くなっていく。

ようやく母が話を切り出した頃には、凪沙は苦手な声を聴き続けて、くたくたになっていた。

どうなってもいいから、今すぐに電話が終わってほしいと願うほどに。

そして、ようやく母が電話を切ると、凪沙は長い長い息を吐きながら、しみじみと思った。

予感は悪いものほど、的中する。

いつも通っている美容外科は、凪沙のマンションの徒歩圏内にあった。

ホルモン注射のため定期的に通う必要があるから、近いのはありがたい。

注射を打たれている間、凪沙の目はいつも爪に釘付けになる。熊ほども長く、派手な装飾が施された看護師の付け爪。それが注射器を握り、凪沙の腕を押さえている。日常生活は問題なく送れているのだろうかと考えているうちに、注射器の針は凪沙の肌に食い込んでいる。手際は不思議と悪くない。

「はーい、じゃこれで押さえてくださーい」

舌ったらずな声とともに、羽子板飾りのような、冗談のような装飾の爪が、ようやく自分の肌から離れてゆく。

看護師に渡された脱脂綿を注射痕にあてながら、凪沙は医者の言葉を待った。

「変わったことはありませんかー?」

いい年をして茶髪の医者が、外見通りの浮ついた口調で言う。中年ホストのような医者と、キャバクラ嬢のような看護師。いくら新宿の美容外科といえども違和感があった。

しかし、ホルモン注射の値段はこの辺りの相場と比べても、格段に安かった。

ファッションセンスと話し方さえ我慢すれば問題はない。今は少しでもお金が必要なのだ。

「あれぇ、もううち、どれくらいだっけ？」

「三年です」

「そんなに？　けっこう長いじゃんね」

慣れ慣れしい口調に、凪沙は苦笑を浮かべながら、頭を下げた。

「はい……長くお世話になってます」

「そろそろさ、やっちゃえば？　お金ないならローンとかだって組めるんだよ」

「貯金してるから。もう少しかかりそうです」

「そういうの結構みんな貯まらないじゃない。どこかで覚悟しないとねー」

最近、手術を勧められることが多くなってきた。手術を日本ではなくタイで行う人が多いので、国内の専門医院は患者の獲得に必死なのだと店の女の子から聞いた。

注射代が安いのも、もしかしたら、手術する患者を獲得するための方策なのかもしれない。ホスト先生も必死なのだ。

「もうバンコク便のチケットとってますなんて言わないでよー」

凪沙の考えを見透かしたかのような台詞にドキッとしてしまう。

「いや、まだまだお金を貯めないといけないから。バンコクどころか実家にも帰れません」

凪沙は笑って誤魔化すと、そそくさとクリニックをあとにした。

早くお金を貯めて、あのちゃらちゃらした先生をあっさり裏切ってタイに行きたかった。

手術費やその後のケアを含めて、凪沙は五百万を目標にしていた。しかし、今のところその金額に近づくことすら難しい状況であった。

スイートピーの女の子たちの中には金遣いが派手な子もいたが、凪沙は堅実そのものだった。高級ブランドのマニキュアのように、たまに贅沢をすることはあるけれど、若い子たちのように化粧品やブランドものの洋服を買い漁ったり、遊び歩くことはしなかった。買い物は女のストレス解消法だと、大量のショッピングバッグを下げた女の子たちを見ると、羨ましい気持ちは湧いたけれど、そんな時は貯金箱のお札の山を見て、気持ちを引き締めた。

それだけ、気を付けて切りつめても、お金は遅々として貯まらなかった。

人より随分出遅れているのだ。一日も早く確実に女になりたい。そのためには、一円でも多くお金が欲しい。

だからこそ、凪沙は母の強引で乱暴な提案にのることにしたのだった。

凪沙は映画館の前のポスターをぼんやりと眺めながら、歩いていく。

新宿駅東口に着くまで、あと五分。待ち合わせには、少しだけ遅れそうだったが、凪沙はあえてペースを変えずに歩きつづけた。

嫌いなタイプだ。

待ち合わせ場所の階段に座る少女をひと目見るなり、凪沙はそう感じた。

凪沙が少し遅れてきたにもかかわらず、不安そうなそぶりもなく、ただ無表情でじっとしている。痩せた体に不似合いな大きな赤いリュックが、家出少女のようだった。

確かに法的にも面倒を見るべき範囲の親戚の子ではある。さらには、大人として守るべき未成年だ。

つまり、凪沙が保護すべき、いたいけな少女といえる。

しかし、庇護したいというような思いは、少しも湧いてこなかった。

少女は可哀想な娘そのものだった。見るからに虐待を受けているといった独特の暗さが滲《にじ》み出ている。

凪沙は自分が可哀想と思われるのも、可哀想と思わせる物事や人も嫌いだった。

「似てるわね」

それが、凪沙が少女——一果にかけた最初の言葉だった。グレていた中学生時代の早織に本当によく似ていた。

「似てるわね、お母さんに」

もう一度言ったが一果は無反応だ。聞こえていないのかと一歩近づくと、一果は無表情のまま凪沙を見上げた。凪沙を見る目にも感情はない。にもかかわらず、凪沙はなぜだか責められているような、答えられない問いを突き付けられているような気持ちになった。

その目は不愉快ですらあった。

「ついてきて」

凪沙は短く告げると、一果がついてくるのも確認せず、歩き始めた。

一果は、無表情のまま凪沙について行く。

凪沙はあえて一果を振り切るほどの速足で歩き続けるが、一果はぴたりとついてきた。

凪沙の背中を追いかけながら、一果は手にしていた写真をちらりと見た。

和子が健二——凪沙との待ち合わせの為に、一果に渡した写真だ。写真には、スーツをピシッと着た短髪の男が写っている。一果は見比べるように、前を行く凪沙の姿をじっと見つめる。

赤いヒールに、赤いマニキュアに、赤い口紅に、長い髪。写真の中の姿とはまるで違う。

一果は確かめるように何度も、写真と目の前の凪沙を見比べた。

「ちょっと……」

不意に足を止めた凪沙が、ロングコートの裾を派手に翻し、振り返った。

「だらだら歩かないでくれる？　言っておくけど好きであんたを預かるわけじゃないんだから。イライラさせないでちょうだい」

既にいらいらした口調でまくしたてた凪沙は、一果の手にある写真に、表情を凍り付かせた。

「なにそれ？」

つかつかとヒールの音を鳴らしながら近づき、写真に手を伸ばす。

凪沙が自分の男性時代の姿を見るのは久しぶりだった。家にあった男時代の写真はすべて捨ててしまった。写真とともに、凪沙はその姿を自分の中から捨てたのだ。二度と見たくないと思っていた姿だった。その姿を、少女の不愉快な目が見たのだと思うと、かっと体中の血が逆流するような感覚があった。

「こっち寄越しなさい！」

むしり取るように少女の手から写真を取り上げ、凪沙は躊躇なく破り捨てる。

「あんた、田舎に余計なこと言ったら殺すわよ」

一果に負けないぐらいの無表情でそう告げると、凪沙は先ほどよりもさらに速い足取りで歩き出した。

一果はほんの少しだけ迷うような視線を、写真の残骸に向けたが、すぐに無言のまま凪沙の背中を追いかけ始めた。

人通りが多い新宿三丁目を抜け、ようやくふたりは凪沙の古いマンションへとたどり着いた。

いっそのこと、はぐれて迷子になってしまえばいい。一果の存在が鬱陶しくて、振り払うように足を速めた凪沙だったが、一果はほとんど遅れることなく、ついてきた。こっそりと肩で息をする凪沙に比べ、一果はまったく息も乱れていない。

母の話では中学一年生だというが、それにしては体力があるようだ。自分の体力の衰えを突き付けられただけのようで、余計に腹が立った。

「これ、鍵ね。この郵便受けの中に毎日置いておくから」

合鍵を作る気はさらさらなかった。どうせ、短い期間のことだ。

この古いマンションにエレベータなどない。残った体力をふり絞り、階段を三階まで一息に上がると、凪沙はドアを開けた。

「さっさと入って」

凪沙に促され、一果は靴を脱いで、部屋に上がった。

凪沙は思わず脱ぎ捨てられた一果の靴を凝視する。それはあまりにもぼろぼろの汚い靴だった。明らかに一果の足には小さいサイズだ。指先を押し込めるように無理やり履いているのだろう。

　でも、自分には関係ない。

　凪沙はぼろぼろの靴から視線を引きはがし、あえて、てきぱきと機械的にこの家のルールを説明しはじめた。

「靴は下駄箱」

　ただでさえ狭い部屋だ。ぼろぼろの靴がひとつ玄関に増えただけで、圧迫感さえ覚える。

　一果は言われるままに靴を下駄箱に入れた。ぼろぼろの靴が視界から消えたことに、凪沙は小さくほっとする。

「部屋は毎日きちんと整頓すること。あんたは適当に空いてるとこで寝て。布団は毎日たたんでちょうだい。お風呂は私が最優先。あんたは私がいないときに入って。私がいないときは金魚に餌。学校の手続きはうちのお母さんがやるみたいだから、勝手に行って。以上、質問は？」

　返事はなかった。考えてみれば、出会ってから、一度も一果の声を聴いていない。

　一果は、じっと一点を見詰めていた。

「なに見てるのよ」

　それが、窓辺に干してあったチュチュだと気づき、凪沙は慌てて、タンスにしまい込む。慌ただしく、化粧を直した。

「わたし、今から仕事に行くからあとは勝手にやってちょうだい。鍵はここに置いておくわよ」

鍵を一果に向かって振ってみせ、下駄箱の上に置く。やはり一果の反応はほとんどなかった。これから先の一果との生活に不安を覚えながら、凪沙はヒールに足を押し込む。

そして、少女を振り返ることもなく、まっすぐ前を見たまま、ヒールを鳴らし、仕事へと向かった。

ひとり残された一果は、耳を澄まし、ヒールの音が聴こえなくなったことを確認すると、タンスに近づいた。

タンスの中には、確かにさっき見たチュチュがしまわれている。

一果はそうっと手を伸ばした。今にも飛び立ちそうな白鳥に手を伸ばすかのように、そっと。

なぜこれが、ここにあるんだろう?

吊るしてあったチュチュにそっと手を滑らせる。チュチュの隣には白い羽飾りもかけられていた。一果はそれにも慎重に触れる。

そのうち我慢できなくなって、一果はチュチュをタンスから取り出した。

わかりはしないだろう。

一果は念のため、玄関のドアの覗き穴から廊下に凪沙がいないことを確認し、スカートを脱いで、チュチュをはいた。そして、また少し玄関の外の気配をうかがってから、思い切って、白い羽飾りも手に取った。

頭に載せて、部屋の鏡を覗き込む。

これは……アレだ。

一果は部屋の真ん中に立ち、くるくると回ってみる。一本の足を軸にして、コマのようにくるくると。

何度も何度もくるくると回っているうちに、一果は自分でも気づかないうちにかすかにほほ笑んでいた。

ふと回るのを止め、窓に目をやると、もう外は薄暗かった。

繁華街のネオンが早くも点灯し始めている。近くで見ればどぎつく感じる派手なネオンも、少し離れてみれば、万華鏡のようで綺麗だった。

一果はそれを見ながら、東広島の夜を思い出した。これほど多くはないけれど、東広島の繁華街でも、一果は毎晩のようにネオンを目にしていた。

白いシャツが薄汚れた中学校の制服姿の一果が、キャバクラや風俗のキャッチの男たちの間をすり抜けて、向かうのは、とあるキャバクラ店だった。

タバコの煙が充満しているフロアを、鼻をつまみながら進む。もう彼女の存在に驚くこともないキャバクラ嬢たちの間をすり抜け、黒服のマネージャーが待つ控室に向かう。マネージャーは苦い顔で手招きした。

「あれ見てみぃや」

店の奥では母の早織がだらしなく酔いつぶれていた。

「自分が先に潰れてどうするんなあいう話よ。客飲ませて潰すんが普通じゃろうが。ったく、早よう連れて帰ってや。次やったらクビじゃ言うとけや」

これが一果の日課であった。

酔いつぶれた母を抱え、アパートまで連れ帰るのだ。ぐったりと体重を預ける母の身体は重く、酒臭い息に気分が悪くなった。

アパートに到着しても、まだ気が抜けない。心配で顔を出す住人たちに早織がつっかかるのがお決まりだったからだ。

「何見とんじゃ！　ぶちまわすど！」

元不良らしい、どすの利いた啖呵《たんか》に、住人たちはそそくさと部屋に入る。

「ねえ、やめて」

ある日、ついに一果は母におずおずと告げた。何よりずっと具合の悪そうな母のことが心配だった。しかし、一果の言葉を半分も聞かず、早織は一果の頰を張った。一果が思わず、倒れ込むほどの強さだった。

「何生意気言うとるんなあ！　あんたのために働いとるんで！」

一度キレた早織は手に負えなかった。些細なことでも激高し、何度も手を上げた。

しかし、怒りを爆発させた後、一転して、一果に甘えることもあった。

一果をすがりつくように抱きしめ、泣きじゃくる。

「ママなぁ……疲れとるんじゃ……ほんま悪いママじゃ。なあ、ごめんなあ一果。ちゃんとしたいんじゃけど……どうにもならんのんよ……」

早織は泣きながら一果に謝り続け、そのまま眠ってしまう。そんな母親に布団をかけてやるのも一果の役目だった。

それが東広島にいた頃の一果の生活だった。

もちろん生まれたときからそうではなかった。

一果が幼いころは優しい母親だった。

一果は早織が十九歳のときに産んだ子だった。父親は早織と同じ暴走族のメンバーだったが、早織の妊娠がわかってからは、暴走族もやめて、板金工場に勤めはじめた。早織も地元のラーメン屋で働き始め、二人して幸せな家庭を目指し、懸命に働いたのだった。

しかしまだ十代の二人は、大人になりきれてはいなかった。父親は一果が生まれて半年後に失踪した。

この子は、私が幸せに育てる。

そう決心した早織は、ホームセンターでのパートも増やし、母や伯母の手を借りながら、幼い一果をひとりで育てたのだ。

早織の限界が訪れたのは一果が六歳くらいの頃であった。それまで、遊ぶこともせず必死に働いて、ぎりぎりのところで生活していたのだが、母親が病気で倒れてしまったのだ。母親の入院費は馬鹿にならず、これまでのように母を頼れないことも大きかった。仕事中、一果を預けることもできない。保育園にいれるとしても、また金がかかった。

早織は生活費を捻出するためにさらに仕事を掛け持ちして、国の助成金も申請したが、焼け石に水だった。

やがてそのストレスからか昔の仲間とクラブ遊びに夢中になり始めたのだ。広島のクラブで踊るのは楽しかった。全てを忘れて酒に酔い、新しいボーイフレンドも作った。そのボーイフレンドの紹介でキャバクラで働き始めたのだった。

しかし、楽しく酔って家に帰っても、一果の存在がたちまち早織を現実に引き戻した。

そして、早織は酒に酔っては一果に手を上げるようになったのだ。

もともとあまり感情を表に出す方ではなかったが、早織が暴力をふるうようになってから、一果の表情はどんどん消えていった。叩かれた赤い頬を押さえることもなく、何事もなかったようにふるまう姿は、時に早織の更なる怒りを呼び、時に早織の罪悪感を掻き立てた。

表情に出ないとはいえ、もちろん、一果が何も感じていないわけではない。

抑え込んだストレスは、自分の腕を噛むことで紛らわせていた。歯を食い込ませ、自分の肉を食いちぎってしまうのではないかと思うほどに力を入れる。噛んだ痕は痣《あざ》になる。一果の腕はいつも痣だらけだった。しかし、そのことに早織も、そして先生やクラスメイトも誰も気づいてはいなかった。

汚れた制服で中学校に通う一果は明らかに学校でも浮いていた。友達もおらず、母が帰るまで、一果はなんの娯楽もない殺風景な部屋でただ膝を抱えたままぼんやりと過ごすしかなかった。

そんな一果に、ひとつだけ楽しみができた。明日が楽しみになるようなそんな楽しみが初めてできたのだ。

きっかけは、ある老婆との出会いだった。

「あなた、手足が長いわね」

ある日、家の近所の公園を通りかかったときにぼさぼさの白髪を振り乱した老婆に声をかけられたのだ。

よくよく見ればまだ老婆といえる年齢ではなく、それどころかずっと若かったのかもしれない。しかし、幼い一果からすれば、白髪というだけで、十分老婆に見えた。

老婆はギエムと名乗り、近隣の住人たちには気味悪がられていたが、子供たちには優しく、〝西公園のギエム先生〟と親しまれていた。

ギエムという明らかに日本人の名前ではないその呼び名が、世界的なバレエダンサー、シルヴィ・ギエムからとられたのだと一果が知るのはずいぶん後のことだ。

「バレエを踊ってみんか？」

「バレエ？」

「そう、バレエじゃ」

ギエム先生は近所の子供たちを集め、放課後にバレエを教えていた。

と言っても、レッスンを行うのは、公園で、鉄棒がバー代わり。誰もバレエシューズなど履いてはおらず、全員がスニーカーだった。

しかし、見た目に反して、ギエム先生のレッスンは本格的だった。基本的なバレエの動作を徹底的に反復させ、ほとんど経験のない一果もしばらくすれば、それらしいポーズやポジションを取れるようになった。

一果はなんとなく始め、すぐにのめり込むようになった。

踊っているときだけ、すべてを忘れることが出来た。

自分だけが存在する世界。

一果はやがて、誰よりも熱心にギエムの青空バレエ教室に通うようになった。

「エンドワン、エンドツー……しっかり地面を踏みしめて、前、横、後ろ。間にプリエ挟んで、最後横ルティレでバランス。……泉から水が湧きあがるように、エネルギーが生まれ、そして去っていく……そう」

ギエムは順番に子供たちひとりひとりに指導を付けていたが、中でも一果には特に長く時間を割いた。他の子どもができないようなことも、一果にはできるまで繰り返させた。踊っていても一果の無表情は変わらなかったが、内心はギエム先生の指導に応えようと必死だった。

毎日、自分の身体が変わっていく。思い描いたように、望むように動くようになっていく。

こんなに自分の身体を自分のものだと感じるのは初めてのことだった。

しかし、そんな日々の終わりは突然訪れた。

数人の子供の母親が、警官をつれて公園に乗り込んできたのだ。

「フミちゃん！　ここに来たらダメゆうたじゃろ！」

「何やっとるのもう！」

母親たちはそれぞれ娘の手を乱暴に取ると、ギエムを睨みつけ、去って行った。

警官は、何事もなかったように指導を続けようとするギエムを呆れたように見る。

「チカさん、またやっとるんか？　親にも言わんで子供らにへんな踊り教えたらいけん言うたじゃろうが。金までとって……」

ギエムは子供たちからお金を徴収していた。下級生は百円玉、上級生は五百円玉を、ギエムが用意した空き缶に入れる。中にはお金を用意できず、お菓子でレッスン代を納める者もいた。

一果はお金どころかお菓子さえも用意できなかったが、特待生として免除されていた。

「変な踊り？　これはバレエじゃけ」

ギエムは堂々と胸を張る。警官が怪訝《けげん》な顔で「バレエ？」と繰り返すと、彼女は自慢げに言った。

「ウチは昔スイスでバレエ踊っとったんじゃ」

「スイス？　ここは広島で……はい、おうちに帰って帰って」

警官はギエムの言葉をまともにとらず、適当にあしらうと、公園の目の前にある小さな古い家に連れて行った。雑草に覆いつくされそうな、廃墟に片足を踏み入れたような家。そこにギエム先生は一人で住んでいるようだった。

ギエムを家に送り、戻ってきた警官は、残った子供たちに帰るように促した。子供たちは素直に従い、一斉に走って公園を後にしたが、一果は一人残って黙々と練習を続けた。

次の日も、その次の日も、一果は公園に通った。しかし、ギエム先生は姿を現さなかった。一果は一人で教わったことをひたすらに繰り返した。

感情を押し込める方法を見つけてから随分経つ。

どうでもいいと思えばいいのだ。自分のことも、周りのこともどうでもいいと、何の期待もしなければ、がっかりすることも、傷つくこともない。

そうやって生き延びてきた。世界は灰色でのっぺりと単調だったが、苦しい毎日よりもましだった。

でも、バレエに出会って、一果は自分の心がどうしようもなく動くのを感じていた。意志の力で抑え込むことができない衝動。

しかし、もう、ギエム先生の教室はなくなってしまった。

そんな時だった。近隣の通報で児童相談所の職員がやってきたのは。早織は職員に食ってかかり、近所の人が何事かと人垣を作るほどの騒動になった。

虐待と判断し、すぐさま保護するほどの状況とは即断できず、何より、早織の剣幕に押されるかたちで、職員は帰っていったが、この騒動はすぐさま親戚の耳に入ったようだった。そして、一果が知らないうちに、親戚の間で話し合いが設けられ、彼女はしばらく東京の親戚の家に預けられることになった。

追い立てられるように東京行きの深夜バスに乗せられたので、一果は親戚がどういう人かも詳しく聞かされていなかった。待ち合わせで顔がわかるようにと写真を渡されただけだ。

しかし、待ち合わせ場所に現れた親戚は、写真の中のおじさんではなく女性になっていた。

そのことについては少しは驚いたものの、一果にとってはどうでもいいことだった。

でも、その女性になった親戚が、チュチュを持っていることは、少し気になった。

あの人はバレエをやっているのだろうか。

考えかけて、一果は慌ててそれ以上考えるのをやめた。

何か期待しても、ろくなことにならないのを、一果はよく知っていた。

2

白粉を叩《はた》く手を止めて、瑞貴がぎょっとした顔で凪沙を見た。凪沙はうんざりしたように息を吐く。

スイートピーの控室につくなり、凪沙は瑞貴を捕まえて、一果のことを話し始めた。誰かに吐き出さなければ、収まりそうになかった。

「広島で虐待？」

「やだ、そういうのあるのね」

「隣に住んでる人が役所に通報しちゃったんだって。うちのお母さんがもう慌てちゃってさ」

「で、凪沙が預かることになったの？」

「うん」

「やだぁ、大変」

最終的にペットシッターのバイトのようなものだと納得したものの、ほとんどだまし討ちのようなものだった。断る隙を与えないように、勝手に一果を新宿に送り出しておいて、当日になって、電話をかけてくるとは。凪沙に予定があったら、都合があったら、どうするつもりだったのか。

いや、それを考えないのが母なのだった。昔から母の一大事は、世界中の一大事だと本気で考えているような人だった。

「何考えてるかわかんない感じの子でさ。なんだかイライラするのよね」

「でも可愛いじゃない」

「可愛くなんかないわよぉ。私を見る目もね、なんだか死人の目みたいでさ、怖いの」

自分の身体を抱きしめて、ぶるぶると震えて見せる。瑞貴は笑って、軽く言った。

「優しくしてあげなよ。ひどい目にあって来たんだから」

「じゃあんた預かりなさいよ」

「えー？　私？」

二人は一果のことを話しながらも、手早く化粧を仕上げ、揃ってフロアに向かった。

スイートピーでの凪沙の仕事はショーだけではない。接客も重要な仕事だった。

ショーに比べ、接客は凪沙にとって憂鬱な時間だった。

ニューハーフのショークラブの客層は大体どこも同じだ。

接待の場として使うサラリーマンたち、自分たちより綺麗な《男》を拝みにくる女性客たち、そしてキャバクラや風俗をひと通り経験し、新しい刺激の場としてニューハーフクラブを選んだ小金持ちの男たち。

その多くが、程度の差こそあれ偏見を持っていた。凪沙たちの存在を面白がるような無神経な客もいれば、まるで理解者のようなスタンスで偏見を押し付けてくるような客もいた。

お金のためと思えば、大抵のことは割り切れるというのはママの口癖だったが、ある程度の年齢で夜の世界に入ったいわゆる《中途入社》である凪沙と瑞貴は、偏見を受け入れながら接客することにどうしても慣れなかった。

凪沙と瑞貴は洋子ママの席に着いた。既にアキナとキャンディも席についている。

「どもー、凪沙でーす」

「おはつでーす。瑞貴といいます」

洋子ママに紹介され、凪沙たちは笑顔を作って挨拶する。

客はスーツ姿の男性ふたりと、派手な雰囲気の女性ふたりだった。なんとなく普通の会社員らしくないなと思っていると、洋子ママが弾んだ声で「なんか芸能界の人たちなんですって」と告げた。ワイドショーの芸能ネタに目がない洋子ママは、芸能関係者というだけでうれしそうだ。

ニューハーフクラブを訪れる芸能関係者は多いとは聞いていたが、実際、凪沙もこれまで驚くほど多くの芸能関係者に接客した。

「小さい事務所ですよ。で、この子たちタレントの卵でね。今日は勉強がてら寄らせてもらいました」

上司らしき男が言う。もうずいぶんと酔っているようだった。

凪沙はこっそりと〝タレントの卵〟とやらを品定めする。確かに美しくはあったが、気品の宿る余地のないタイプに見えた。

これも偏見かしらねと凪沙は心の中で舌を出す。

「みんなきれーい」

女たちは凪沙たちに対して、わざとらしいぐらい大げさに感嘆の声を上げる。上司がすぐに口を挟んだ。

「つかお前らさ、とりあえずオトコに負けてんの、やばくね」

「えー、ひどいじゃないですかー」

「オカマでもこんなに頑張ってんだから。お前らも頑張れ。なっ」

凪沙は思わず、瑞貴と顔を見合わせた。

夜の世界でいちいちこういった言葉に反応していたらきりがないのはわかっているが、それでも《中途入社》組のふたりは反応してしまう。

洋子ママのような昭和を生きた女の中には、自らをオカマと呼ぶ者も少なくないが、凪沙は好きではなかった。オネエという言葉も好きではない。かといって店であえてトランスジェンダーやLGBTという言葉を使う気もなかった。自らの説明が必要になった時には、「ニューハーフやってまーす」と言うようにしていた。スイートピーがニューハーフのショークラブと称しているのだから、そう呼ぶのが妥当だろうという判断だ。ニューハーフという言葉が日本だけで通じる造語であることはもちろん知っていたし、サザンオールスターズの桑田佳祐が作ったという都市伝説も知ってはいた。

男と女のハーフで、ニューハーフということらしい。はっきりと女だと意識している凪沙には、よくよく由来まで考えるとそぐわない言葉なのだが、他にうまい言い方も見つからないので、結局、自らをニューハーフと呼ぶことが多かった。

正直、呼び方の定義や区別にこだわるのも面倒だった。しかし、それでも、オカマという呼び方には、ひっかかりを感じてしまう。

「まあ、しょうがないウチらほら、美しすぎだからね。だってあんたたち申し訳ないけど……ちょっとブスじゃない」

凪沙たちの微妙な反応を察して、すかさずママが口をはさんで、場を盛り上げる。女性客がいる場合は、まずはそこを狙うのが基本であった。毒を吐けば吐くほど、喜ばれる。女たちが抗議するようにママの肩を叩く横で、男たちは大笑いしていた。

「ママ面白いっ。お前らもひとつひとつの現場で、笑いぐらい取って行かないとダメじゃん。だからいつまでも売れねーんだよ」

女たちはわかりやすくむくれた。

気づけば、アキナは部下の男と腕を組み、しなだれかかっていた。どうやらタイプの男らしい。昨夜、あんなに愛せる人はいないと大泣きしていた男とは、あっさり別れたという。

「焼けてるー。たくましいい男だね」

アキナはべたべたと男の胸板に触れた。

「ゴルフ?」と瑞貴が尋ねると、男は「いや、サーフィンですよ」と答えた。

「やだ、かっこいいじゃんお兄さん。付き合って」

そう迫るアキナの目が本気だ。

「この子オトコに飢えてんの。気にしないでー」

いつものようにキャンディの意地悪なツッコミが入るが、アキナは気にも留めず、チョコレートを手に取り、男の口元へと運んだ。

「はいあーん。ほらほら、お口開けて」

男がおずおずと口を開けると、アキナはねじ込むようにチョコを口の中に入れた。

「この子恋しやすいの。テンション高くてごめんなさいねー」

常々、アキナの〝恋癖〟には手を焼いているママも、申し訳なさそうに口をはさむ。

それでも、アキナの暴走はとまらなかった。

「ねえ、私も海連れてってー。サーフィンやりたいわ」

「うわ、えぐっ。マジじゃんあんた」

キャンディが真顔で突っ込む。アキナは眉を吊り上げて、「うっさい」と怒鳴った。

「何だよブス」

「ブタ」

控室でのいつもの喧嘩が、客前ではじまってしまった。

「あんたたちお客さんの前でやめなさいよ」

ママが呆れたように割って入るが、二人の言い合いはエスカレートする一方だ。

どんどん語彙がなくなり、まるで子供の喧嘩のような様相を呈する罵り合いの最中、
凪沙だけがどこか遠くを見やるような目で宙を見つめていた。

「でも海か……、いいわね」

誰に話すでもなく、凪沙がぽつりとつぶやく。

「え、海好きなの？」

アキナとキャンディの間で戸惑っていた男が、凪沙の言葉に反応する。

そのことにアキナはむくれ、自分のグラスを、見せつけるように呷った。

「小学生のとき学校で海に行ったの」

凪沙が静かに話し始める。

「ああ、そういう学校あるよね」

「ああ、俺は湖だったな」

上司の男も会話に乗ってきた。

「私は海だったの」

いつの間にか、その場の全員が、凪沙の話に耳を傾けていた。

「でも私、ずっと頭から離れなかった。なんで私、男子の水着なんだろうって。なんで女子のスクール水着じゃないんだって泣いちゃってさ。以来行ってないんだー」

今でもあの時のことは鮮明に覚えていた。太陽のまぶしさとやり場のない怒りとともに。

凪沙が言葉を切ると、客席はしんと静まり返った。溶けた氷がグラスに当たる音だけが響く。

「だからいつか行きたいなー、海」

凪沙はあの時の海を思い出そうと、ぼんやりと宙を見つめる。しかし、思い出せなかった。それもそのはずだ。あの時、自分は頑なに海から目を逸《そ》らしていたのだから。

思い出して、凪沙はうっすらと笑った。

「え、これ笑っていいの？　それともだめなやつ？」

上司が戸惑ったような声を上げる。凪沙の話が残したしんみりとした余韻は、明らかにこの場にはそぐわなかった。

「いきなりメランコリー。凪沙ちゃんぽい」

さっきまで不貞腐《ふてくさ》れていたアキナだったが、いち早く助け舟を出したのは彼女だった。

「でもあるわねー、それ」

ママも続く。すかさず、キャンディが「いや、ママないでしょ。あっても戦前でしょー」とまぜっかえした。

「大人をからかわないの。あんたが生まれる前からこちとら女やってんだから」

ママがキャンディの背中をどんと勢いよく叩くと、ようやくこの場に必要な空虚な会話が戻ってきた。

「あ、女の子たち飲み物頼んでいいですかー？」

ママがすかさず上司に向かってにっこりと尋ねる。百戦錬磨のママは、早くも金に気持ちを切り替えたようだった。

週が明けると、一果は凪沙に連れられて、新宿の中学校に向かった。

サングラスとロングコートをまるで武装するかのように身に着けた凪沙は、不機嫌さを隠そうともしなかった。学校の手続きは凪沙の母親がやると聞かされていたのに、保護者として学校に足を運ぶ必要があると後になって言われたせいだ。

いくら新宿の学校とはいえ、制服姿の中学生たちの中で、凪沙の姿はひどく目立った。凪沙の後を歩く、薄汚れた他校の制服を着た一果にも、面白がるような視線が無遠慮に注がれる。

会議室に通され、担任と学年主任を前にしても、凪沙はサングラスを取ろうとはしなかった。

担任と学年主任は困ったような顔で凪沙を見つめている。

「今回は新宿区への転入ということでよろしいんですよね……？」

「そうよ。はいこれ。書類」

凪沙は母親から届いた書類を、テーブルの上にぽんと放る。そして、それ以上何も言わず、さっさと一果を残して、凪沙は立ち去ろうとした。

「あ……あの、ちょ……」

慌てて、担任が呼び止める。

「なに？」

「一果さんの、どういった、その……」

「親戚、ただの親戚。こんな歳の娘がいるように見える？」

「えーと、今回の転入は短期間だと伺っておりまして」

「それが？　なにか問題でもあるの？」

「いえ、問題はございません」

「ならさようなら」

凪沙はヒールの音を鳴らしながら、会議室を出て行った。

残された一果は、担任に早速授業を受けるようにと言われた。短期間の転入ということで、特別に制服は学校が貸し出してくれるらしい。

担任は必要最低限のことしか口にしなかった。腫れ物の様に扱われていることを、一果は感じる。しかし、別にどうでもよかった。広島の学校でも、ほとんど同じような扱いだった。

ぼうっと、窓の外を見ているうちに、午前中の授業は終わった。

休み時間になると、一果を好奇の目で見つめていた男子生徒たちがさっそく近づいてきた。

彼らは一果の前に並び、「お前がきけよ」と小さく言いあいながら、小突きあう。しばらくして、真ん中の男子が意を決して尋ねた。

「ねえねえ、あれってお父さんなの、それともお母さん？」

一度、誰かが口火を切ったことで、皆が一斉に話し始める。

「テレビとか出てるの？」

「お前も女子の服とか着てみれば」

「えー、無理無理」

男子たちは何がおかしいのかどっと笑った。

一果は、立ち上がる。

すらりとした長身の一果は、どの男子よりも背が高い。男子たちは気圧されたように、半歩引いた。

「身長でか」

男子のひとりがぽろっと口にする。

一果は無表情のまま、男子たちを見下ろすと、突然、座っていた椅子を持ち上げ、男子の列に向かって投げつけた。椅子は見事にそのうちの一人を直撃し、彼はボウリングのピンのようにあっけなく倒れる。

一果はそれを見届けることもなく、教室を飛び出した。

しかし、飛び出したところで、行き先などひとつも思いつかなかった。

一果は闇雲に歩き続け、人気のない非常階段に腰を下ろす。

くだらない。

何もかも、なくなればいいのに。

一果は袖をまくって、腕に歯を立てる。少しだけ落ち着いた。

そのまま、一果はじっと時間を潰していたが、かなり時間をかけて探し回ったらしい担任に発見され、会議室へと連れていかれた。

「なんで椅子をぶつけたんだ？」

担任と学年主任は何度も尋ねたが、一果は答えなかった。一果の中にそもそも答えなどなかった。

「とんだ問題児が転入してきたな」

学年主任の口から思わずこぼれだした本音を、慌てて担任が制止する。しかし、誰にどう思われようと、どうでもよかった。

担任たちは凪沙に電話をかけた。しかし、凪沙が出る気配はない。

担任たちは弱り切った様子でひそひそと小声で相談していたが、しばらくして、一通の手紙をしたため、凪沙に見せるようにと一果に持たせた。

学校に凪沙を呼び出そうというのだろう。

ようやく、解放されたころには、とうに放課後になっていた。

一果は学校を出て、最初に見かけたゴミ箱に、担任から渡された手紙を投げ込んだ。

結局は、凪沙のところに帰らなければならないのだろう。しかし、少なくとも今は、まっすぐ帰るような気持ちには到底なれなかった。

闇雲に歩き続けるうちに一果は、ふと前を横切る少女たちの姿に目を奪われた。

少女たちがそろって長い髪をお団子にしていたのだ。

バレエの髪型だ。

一果は少女たちを目で追う。

地元の広島でも、バレエ教室から出てくる女の子たちがそろってお団子にしているのを見かけたことがあった。ギエム先生の青空教室にも、母がやってくれたのだと、誇らしげにお団子で参加する少女もいた。

「昨日、先生怖かったね」

「うん怖かった」

「やっぱりコンクール近いからかなぁ」

「え、違うよ絶対。機嫌だよただの」

少女たちは賑やかにおしゃべりしながら、歩いていく。

東京にもバレエ教室があるのか。

考えてみれば、当たり前の話だ。しかし、一果はギエム先生から離れたらもう二度とバレエはできないものだと勝手に思い込んでいた。

ギエム先生のもとに警察が来てからずいぶんと経つ。もう長い間バレエをやっていない。

気がつくと一果は少女たちの後をこっそりとつけていた。

少女たちは少し行った先の家に吸い込まれるように入っていった。一見普通の家のようだがバレエ教室と大きな看板がかかっている。おそるおそる近づくと、中からピアノの曲が聞こえてくる。

ドアには「スタヂオ入口」と手書きの案内があった。一果は吸い寄せられるようにドアに手をかける。

「もっと高く！　もっと！」

ほんの少しドアを開けた途端、思わずびくっとしてしまうような大声が聞こえた。

一果は慌ててドアを閉じる。

しかし、中を見たいという気持ちは抑えられなかった。

今度は窓の方に回り、そっと覗き込む。

どことなく古びたスタジオだった。

レオタード姿の少女たちのまんなかで、スパッツにスポーツブランドの上着を羽織った女性が、びりびりと空気を震わすような大声を張り上げていた。

「はい、次の人行くよ。はーい。シャッセお尻重い。サクラちゃん、グリッサードのかかと前、アロンジェ手長く。はい、次の人すぐ用意。りん、アッサンブレの下の足、空中で五番。アラベスク、伸ばすよ。はい、床蹴って！　はい、いいよ」

ギエム先生がよく使っていたバレエ用語が心地よく一果の耳に入ってくる。ギエム先生の指導を受けた時にも、まるで特別な呪文のようで、指導する、流れるような声を聴くのが好きだった。

生徒の多くは、高校生ぐらいの様に見えた。皆、女性の指導にしっかりとついていっているように見える。

中でも十名ほどの生徒は、ギエム先生の青空教室に通っていた子供たちよりはるかに踊りが上手だった。

「はい、本日そこまでー。レヴェランス。お疲れさまでした。りん、ちょっと来て」

一番上手に踊っていた生徒が呼ばれた。目鼻立ちのはっきりした、意志の強そうなきりっとした顔立ちをしていた。

りん。

一果は不思議と一度でその名前を覚えた。

「はい」

女性の前に立ち、りんは背筋をピンと伸ばす。

「りんは、将来はプロになりたいんだよね？」

「はい」

「じゃしっかりもっと跳ばないとだめだよ」

「はい」

その時、窓越しに、女性と目が合った。一果は咄嗟《とっさ》にしゃがみ込む。そして、低い姿勢のままそっと逃げ出そうとした。

「あ、待って！」

道路に飛び出そうとしたところで、背後から声をかけられた。振り返ると、ドアを開け、女性がものすごい勢いで駆け寄ってくるところだった。

「待って！」

一果はしぶしぶ足を止める。覗き見をしたことを怒られるのかもしれない。

「これ、よかったらどうぞ」

女性が差し出したのはバレエ教室のチラシだった。

女性の手作りなのか、素人っぽい地味なデザインのチラシには、女性の顔写真の下に講師・片平実花《みか》と書かれていた。さらには、女性――実花の実績や経歴も詳しく書かれていたが、一果の目はそのさらに下の体験レッスンという文字に吸い寄せられていた。

「この辺の子？　バレエに興味あるの？」

実花は熱心に一果に尋ねるが、一果は何も答えない。ただ、チラシだけはきちんと受け取ると、黙ったまま立ち去ってしまった。

「変な子」

一果を見送りながら、実花は首を傾げる。しかし、不意に指導者の目になって、一果の後姿に注意深い視線を注ぐ。

「手足は長いわね」

そうひとりごちると、実花は教室に戻っていった。

貯金箱に千円札を落とす。千円札が積み重なっていく様子を見ても、いつものように心は弾まなかった。いつまでもお札の山の高さが変わらないような気さえしてくる。いつまでもいっぱいにならないのではないかという不安がこみあげてくる。

あとどれくらい貯まれば、女になれるのだろう？

そんなことを考えながら母に電話をする。

「あ、もしもし。俺じゃ、あの子学校に入れたけえ」

「助かるわ。一果になんかあってテレビとか出たらほんま嫌じゃけ」

母は以前も話したことをくどくどと繰り返した。ようは口さがない田舎の生活で肩身が狭くなるようなことを避けたいのだ。凪沙は母の話を乱暴に遮った。

「ちゃんと約束のお金振り込んでや。こっちだって生活楽じゃないんじゃ」

なかば強引に押し付けられたとはいえ、最終的に一果を預かることにしたのは、お金を払うと母が言ったからだ。

母の話では、親戚が集まって一果の養育費を出す計画らしい。いくらなのか母はまだはっきりと言わないが、少しでもまとまった金が入れば、計画の実現にぐんと近づく。

「わかっとるよ。今話し合いしとるんじゃけ」

「電話待ってるけえ」

電話を切った瞬間、ドアが開き、のそりと一果が入ってきた。一果は無言のまま自分のスペースに向かう。

狭い部屋で短い期間とはいえ共同生活をするにあたり、凪沙は一果に、自分のスペースを選ばせた。なるべく、そこで生活するようにと言い渡したのだ。一果が選んだのは台所であった。

一畳ほどの台所に夜は布団をしいて寝た。昼間も律儀にその小さなエリアから出ることはなかった。

とはいえ、未だにかわいいとは思えなかった。凪沙を見る目は相変わらず不愉快そのものだった。

金のため、と凪沙は自分に言い聞かせる。しかし、いら立ちは抑えきれず、おのずと一果を呼ぶ声は尖った。

「ちょっとこっちきて」

一果を見もせずに言うと、一果はゆっくりと近づいてきた。

もうすぐ店に向かう時間だ。凪沙は鏡に向かい化粧しながら、背後にいる一果に話しかけた。これなら、生意気な一果が目に入ることもない。

「学校から連絡あったんだけど。あんたに手紙渡したって」

返事はない。

「私に学校来いって。クラスの子に椅子投げたって本当？」

やはり返事はなかった。凪沙はこれ見よがしに大きなため息をつく。

「あのさ、言っとくけどあんたが学校でなにをしようと、グレようとどうでもいいんだけどさ、私に迷惑かけないでください。三か月くらいおとなしくしててよ。学校とか、絶対行かないって先生に言っといて」

言い募るうちに、怒りがふつふつとこみあげてきた。衝動的に、近くにあった雑巾をとり、一果に投げつける。体に雑巾があたっても、一果は表情も変えなかった。自分が責められているにもかかわらず、凪沙を責めるような目でじっと見返すだけだった。

「あと毎日、片付けるようにって言わなかった？」

　この家に住むなら何かしらの自主的な奉仕をして欲しかった。少なくとも自分だったらそういうことを考える。

　まだアイラインを引きかけの目で、凪沙は一果をにらみつける。一果はまっすぐにその視線を受け止める。そして、根負けした凪沙が視線を外そうとした頃になって、ゆっくりと雑巾を拾うと、まっすぐ凪沙に向かって投げ返した。

「やじゃ」

　それが凪沙が初めて聞いた、一果の声だった。

「なに？」

「やじゃ」

「マジでむかつくあんた。誰んちにいると思ってんだよ？」

「別に頼んどらんけえ」

　改めて、凪沙は一果を預かったことを後悔した。ちょっと手がかかるペットを預かるようなものだと思ったのが間違いだった。

　なんという子なのだろう。どれだけひねくれているのか。想像もつかなかった。

　凪沙はゆっくりと立ち上がりバッグとコートを手にして、一果を睨みつける。

「帰ってくるまでに綺麗になってなかったらほんとに追い出すから」

凪沙は吐き捨てるように言うと、店へと向かった。

少女のあの目から少しでも離れられることにほっとしていた。

残された一果は、しばらく無言のまま立ち尽くしていた。床に落ちたままの雑巾を睨むように見つめる。不意に、一果の無表情が大きく歪んだ。一果は長い腕を伸ばしてて、ゴミ箱を摑むと、大きく振り回し、部屋中にゴミをばらまき始めた。

何も頼んでない。

東京に来ることも、東京に住むことも、そもそも生まれてきたことも、何も、誰にも頼んでいない。勝手に何かを押し付けて、勝手に責め立てるのは大人たちだ。

やじゃ、やじゃ、やじゃ。

ゴミ箱の中身はもうなくなってしまった。

一果はゴミ箱を放り投げ、袖をめくる。まだ、昼の嚙み跡がはっきり残っている。

そのすぐそばの肉に大きくかみついた。血の味が痛みとともにゆっくりと滲んできて、一果は少しだけ落ち着くのを感じた。

スイートピーのショータイムは一日二回だ。

その日、一回目のショーのために、凪沙たちは白鳥の衣装を身に着けていた。

廊下の先のカーテンをくぐると、そこはステージだ。

四人が姿を現すと同時に、「待ってましたっ！」と常連の声が飛んだ。

本物のバレエ公演ではおそらくこんな大衆演劇のような掛け声はないのだろう。しかし注目されることはやはりうれしい。とはいえ、この日は、常連客も少なく、客席はまばらだった。

それでも目の前の客の為に、精一杯踊るだけだ。

ステージ上で四人がポーズをとると、軽快な音楽が流れ始める。

「四羽の白鳥」。

正確には「白鳥の湖第二幕　小さな四羽の白鳥」と言うらしい。

凪沙にはバレエの知識はない。多くの日本人と同じように「白鳥の湖」というタイトルこそ知ってはいるがきちんと見たことはなかった。しかし、ポーズの参考になればと、ネットに上がっている動画をちらりと見たぐらいだ。この踊りが好きだった。

白鳥に変化するお姫様というストーリーも好きだった。

誰もが変身願望を持っている。

「白鳥の湖」は魔法で無理やり白鳥にさせられてしまうという悲劇ではあるが、凪沙はそう考えていなかった。

白鳥になれるのならなってみたい。

そして空を飛んでみたい。

ステージで踊りながら、こんな子供のような夢をいつも見てしまう。

もちろん、この「四羽の白鳥」は凪沙が決めたレパートリーではない。もう何十年も前からスイートピーのお決まりの演目だった。振付も代々受け継がれてきたものだ。だから、凪沙は自分の踊りがどれだけ本物の「四羽の白鳥」を忠実になぞっているのかよく知らなかった。

噂では「白鳥の湖」の日本初演を見たママが感動して導入したということになっているが、凪沙が一度ネットで検索してみたら初演は戦後すぐの一九四六年だったので噂は噂にすぎなかったようだ。

当然ながらショーは白鳥の踊りだけではない。スイートピーでは一晩に七つほどの演目が披露されていた。

演目ごとに衣装替えがあり、曲やテーマにあわせ、それぞれ趣向を凝らした豪華な衣装が用意されている。お客さんの多くはそんな現実離れした、華やかな世界を楽しみにきているのだった。

一回目のショーを終え、凪沙たちは接客のため客席へと向かう。ステージからも感じたように、やはり客の入りはさほどよくなかった。これではおひねりもたかが知れているだろう。そんなことを考えながら凪沙は席に着く。

凪沙がついた客は、初老を迎えた男性だった。地方の県議をしているという男で男性秘書を伴っていた。

　他につく客もいないため、ママをはじめ、ナンバーワンのアキナも、瑞貴もその県議のテーブルについていた。

　県議はしたたかに酔っているようだった。

「お前たちはもう工事済みなのか？」

　品定めするように無遠慮な視線を凪沙たちに注ぎながら、挨拶もなしに、県議は乱暴な言葉を放った。

　凪沙は思わず顔を歪めてしまう。客商売にあるまじき顔に、ママが慌てて、肘鉄を食らわせた。

　凪沙はママのように、酔っ払いを上手にいなすことが出来なかったし、酔っ払った客が吐き出す差別的な言葉（本人たちは冗談だと思っているようだが）に未だに慣れることができずにいた。

　苦手な客だ。凪沙はこの席ではおとなしくしていようと決めた。

「えーいきなりー？」

　面倒くさい客をいなすのが得意だと常々公言しているアキナが、わざと軽薄な口調でツッコむ。県議はアキナの整った顔をじろじろと眺めると、おもむろに手を伸ばし、彼女の胸を鷲づかみにした。

「ちょっとぉ！　お金とるよ」

アキナは手を払い、きっと睨みつける。しかし、県議はへらへらと笑った。

「いいだろ、どうせ作り物なんだから」

「作りものじゃない。私、体は自前だし」

「へえ。男にしてはいい体してるな」

さもおかしそうに笑うその顔は、ぞっとするほど下品だった。

こんな男が先生と言われて、議会では偉そうにもっともらしいことを述べているのだ。

凪沙は人間には表の顔と、裏の顔があると考えていた。自分だってそうだ。長い間、男のふりをしながら生きてきた。

この店で接客するようになって、その思いは強くなった。

どんな客にも何かしら表と裏があるものだ。

酒は裏の顔をさらけ出す。それは酒を飲むようになれば、誰でもわかる真実だ。だから、限界を超えて、グラスを重ね、別人になる人間は、自分の裏の顔を知ってほしい人間なのだと、凪沙は思うようにしていた。

弱い自分を知ってほしい人もいるし、醜い嫉妬を吐き出したい人もいる。

きっと、この議員も自分がどうしようもない人間であることを知って欲しいに違いない。口のはしをくっと歪めながら、凪沙はこっそり笑った。

「お客さん、飲んでないときは紳士なんでしょうね」

凪沙が微妙なニュアンスでたずねた。県議は気づく様子もなく、「そりゃそうだよ」と満足げに答える。

「じゃあジキルとハイドですね」

「なんだそれは？」

「ジキルとハイドは……」

凪沙の表情から、爆弾を落としかねない気配を敏感に察し、慌ててママが割って入る。

「そういや先生、はい、もういっぱいどうぞ」

水割りのお代わりをつくって渡すと、議員はつまらなそうな顔で一気に飲み干した。

「昔のオカマはな、もっと楽しかったよ。最近じゃ権利ばっかり主張しやがって。どうしようもないよ。国が滅びるよ」

「あら、オカマが主張すると国が滅びてしまうんですか？　なぜです？」

今度は瑞貴が聞いた。口元には薄い笑いが張り付いているが、目は全く笑っていない。

「国を滅ぼすオカマしかいないこんな店に来て、大丈夫なんですかー？」

凪沙が追い打ちをかける。ママもう凪沙たちを止める様子もない。お手上げといった顔で自分のために濃い水割りを作り、勢いよく呷った。

顔を真っ赤にした議員が何かを言おうと口を開いた瞬間、秘書のスマートフォンが鳴った。

「先生、野村先生からお電話です」

さっと議員の表情が変わった。

「あっ、先生っ。はいっ、ええ、その件なんですが少し事情が変わってきまして……」

慌てて、スマートフォンを受け取ると、見えない相手に向かってペコペコ頭を下げながら、店の奥に消えて行ってしまう。格上の政治家からの電話のようだった。

一本の電話でいろいろと事情が変わったのだろう。秘書も別のスマートフォンを手に、忙しそうに店の奥へと消えていった。

「なにあいつ？　やなやつ」

二人の姿が見えなくなったのを確認して、凪沙が吐き捨てる。こうなると、悪口大会だ。

「田舎の議員よ、田舎もんよ、しょせん」

制止する側だったママも毒舌だ。

突然、脳裏に閃くものがあった。凪沙は興奮のあまり、痛いほどの強さで、瑞貴の手を握る。

「瑞貴、議員になれば。あんた頭いいし」

「え、私？　なんで？」

笑って冗談にしようとする瑞貴に、凪沙は真剣な顔で訴える。

「あんな奴がなれるんだから、瑞貴、絶対なれる」

「なれるわけないじゃない」

瑞貴は戸惑ったように苦笑するが、ママも真剣な顔で大きく頷いた。

「政治家？　夢みたいな話だけど、瑞貴ちゃんならやれるかもね」

「ママ、この店の名前でもある、スイートピーってね、もともとは白とピンクしかなかったんだって」

凪沙は、インターネットで最近得たばかりの知識を披露する。話の流れがつかめず、きょとんとする瑞貴に語り掛けるように、ゆっくりと続けた。

「もともと赤いスイートピーなんてなかったの。でも品種改良で赤色が生まれたんだよ。うちらみたいな花でしょ。瑞貴なら革命起こしてくれそうじゃない」

ネットでたまたまこの情報を知った時、凪沙は本当にそう思ったのだった。赤いスイートピーはもう当たり前のような顔で咲いている。元の色が白なのか、ピンクなのか、それとも半々なのかなんて誰も気にしない。新しい色の花として美しく咲けばいいのだと思った。

「へえ、スイートピー革命ってことね」

ママが楽し気に呟く。

「そう、スイートピー革命」

「可愛いーっ」

アキナまでのってくる。瑞貴も含め、全員がこの言葉を気に入ったようだった。

「スイートピー革命に乾杯！」

凪沙たちは一斉にグラスを合わせる。

客のいないボックス席に澄んだ音が響いた。


実花が新宿で小さなバレエ教室をはじめてもう七年になる。

五歳からバレエを始め、一度は世界の舞台で踊ることを夢見た少女も、大人になり今では現役を引退して子供たちの育成に力を注いでいた。

バレエの世界の競争は苛烈だった。手の長さや足の長さなど持って生まれた体型や才能が何よりも重要なのだ。それは努力ではどうやっても補なえないものだった。日本人で問題なく世界と渡り合える体型や才能を持って生まれる人間は、残念ながらそう多くはない。

世界有数のバレエ人口を抱えながら、国際舞台に立てないでいた日本の問題はそれだけでない。その教育にも問題があった。教室経営を中心とした業界が出来上がり、多くの人がお稽古事のレベルで満足し、やめてしまう、そんな日本特有のバレエ社会がつくられてしまったのだ。

若い頃はそんな体質を嫌っていた実花も、今や教室の経営者として理想と現実のはざまに揺られていた。

レッスンが始まる前のバレエ教室では、生徒たちが着替えたり、ストレッチをしたりと、リラックスした様子で準備をしていた。

実花は意識して、ひとりひとりに声をかける。

練習のときは厳しいが、それ以外の時には、なるべく同じ目線で生徒たちと接するように心がけていた。

自分が子供の頃のように一方的に厳しいだけではだめなのだ。そういった体育会的なバレエ教育もまた、日本の現状に悪影響をもたらしたと実花は考えていた。

いつの日か自分の手で世界的なバレエダンサーを育てたい。それが今の実花の夢だった。

「ねえねえ、昨日テストだったんでしょう？　どうだった？」

「えー、私、ダメだったかも」

「私はけっこういけたかも」

実花がふった話題に、生徒たちはあっさり食いついてきた。

「日本には文武両道って言葉があるからね、勉強も頑張らないと。特に英語ね、英語だけはやっときなさい。海外で踊りたいならね」

「海外行きたーい」

「私もー」

少女たちはきゃっきゃと盛り上がる。

バレエが上手になったら、海外で踊りたい。

バレリーナなら誰もが見る夢だった。

しかしその夢が叶う人間はほんの一部だ。経済的な問題もつきまとうのがバレエなのだ。バレエに全てをつぎ込んだ結果、家庭の経済状況が貧窮する家もあれば、家を売って娘の留学費用にあてる親もいるという。

世界的なダンサーを育てるのは、針穴よりも太い糸を無理やり針に通すようなものだ。そんなことを考えて暗い気持ちになっていると、ドアから覗き込む一果の顔が目に入った。

……あの変わった子だ。

心の声を表に出すことなく、実花は笑顔を作る。

「あら、来てくれたのね」

一果が無表情のまま頷く。

「運動できる服は持ってますか？」

一果がカバンから中学の体操着を見せる。きちんと洗濯されていないのか、薄汚れていた。胸元には桜田とマジックで書かれている。

薄汚れた体操着を、他の生徒たちがじろじろと見つめた。

「いいじゃないそれで。そしたらシューズはどうしようかな……」

さすがに裸足というわけにもいかない。

「私ふたつあります」

声をあげたのは、りんだった。この教室では、頭一つ抜けて上手な子だ。精悍な顔に、長い手足というだけでも目を引くのに、派手な紫色のレオタードを着ているから、紺や黒のレオタードの群れの中で、いやがおうでも、目に入った。

「りんちゃん、本当？」

「はい。昨日ちょうど新しいの買ったから。お古でごめんだけど。たぶんサイズもいけるはず」

りんはシューズを一果に差し出した。一果はお礼も言わずに受け取る。生徒たちがそんな一果を警戒するような目で見つめた。

実花は一果を更衣室で着替えさせ、みんなの前で紹介した。

「みなさん準備はできましたか。本日、体験の一果さんです」

紹介されても、やっぱり一果は頭をさげるわけでもなく、無表情で突っ立っている。

やっぱり変な子ね。

そう思いながら、実花は稽古に頭を切り替えた。

「はいレヴェランスから」

バレエは必ずレヴェランスと呼ばれる挨拶から始まる。そこから教えなければと一果を見ると、彼女はクロスした膝を大きく曲げた。指先からつま先まで、意識の行き届いた、美しいレヴェランスだった。

まったくの初心者というわけではないみたい。

実花は一瞬、一果を見やり、曲をかけた。

「では両手バー、ウォームアップタンジュからどうぞ。足の裏を感じて、指の裏をしっかり使う。内腿からアン・ドゥオール、内転筋。骨盤動かさない。股関節だけでアン・ドゥダン」

実花はバーに一列に並ぶ生徒たちに直接触れ、バランスや動きを微修正していく。

「もっと床を押す。土踏まず高く」

りんに対しては、実花の声はいつも大きく、鋭くなった。彼女の才能を生かすも殺すも自分次第だと思うと、厳しく接せずにはいられなかった。

「りん、いつも言ってるでしょ！　骨盤動かさない！」

曲の終わりが近づくと、実花は生徒たちにバーから手を放すように指示した。かすかにふらつく生徒がいたものの、ほとんどの生徒はぴたりと綺麗にポーズをとって静止している。一果だけグラグラとやじろべえのように不恰好に揺れていた。一部の生徒たちからクスクスと笑い声が漏れる。

「笑わない！　人のこと笑える実力なの？　バレエはそんなに甘くないよ。はい少し休憩」

しゅんとなった生徒たちは、水を飲んだり、汗を拭いたりしながら、実花の顔をそっとうかがう。

一度怒り出すと、実花が一日中不機嫌になることを、彼女たちはよく知っていた。

しかし、今日の実花先生は「変な子」に対する興味でいっぱいのようだった。レッスン中こそ目の前の生徒ひとりひとりに集中していたが、休憩時間の今、実花先生の視線は「変な子」に注がれている。

その「変な子」は、みんなが休憩している間もバレエの姿勢をやめようとしない。相変わらずぐらぐらとしながらも、ポーズを続けていた。

「変なやつだね」

ひとりの生徒がりんに耳打ちする。

「でも練習するのはいいことじゃない」

りんはそっけなく答えると、自らも早々に休憩を切り上げ、自主練習を始めた。

りんがこの教室で一番なのは、誰よりも負けず嫌いだからだ。技術も負けたくない
けれど、練習量も何もかも誰にも負けたくなかった。

実花は一果から目が離せなかった。踊りはまるででたらめだったが、どこか引き付
けるものがあった。

実花は、熱心にバランスの練習を繰り返すりんの後ろを通り過ぎ、一果の前に立つ。

えっと、ショックを受けたように息を呑むりんには、気づくこともなかった。

「バレエやってたの？」

答えてもらえないかと思ったが、一瞬間をおいて、一果はかすかに頷いた。

「ずいぶん癖があるけどどちらのお教室に行ってたの？」

今度は無言だ。イエスかノーで答えられる質問しか答えてくれないのかもしれない。

変な子だが、確かに、神のプレゼントとも言える素材を一果は手にしていた。その
手足の長さはダンサーの誰もが切望しながらも、手に入れられずにいるものだ。

「はい、では始めますよ！」

もっと彼女の踊りを見てみたい。

はやる気持ちに押され、実花はいつもよりも随分早めに休憩を切り上げ、後半のレッスンをスタートさせた。

凪沙の部屋に戻ってからも一果の興奮は収まらなかった。

洗面台の鏡を覗き込むと、無表情であることはかわらなかったものの、頬が紅潮し、目がぎらついているその顔は、まるでインフルエンザに罹《かか》った時のようだった。実際、熱があるような気さえする。体が熱かった。

バレエがやりたかった。今もすぐに体を動かしたくて仕方がない。ギエム先生の教室がなくなってからも、一果はひとりで公園に通って来る日も来る日も練習を重ねたけれど、それでも、自分の身体が思うように動かなくなっているのを感じていた。

もっともっとうまくなりたい。教室に通いたかった。

しかし、体験はさすがに一度きりだろう。

月謝を凪沙に頼むなど、一果は考えることもしなかった。どうしようもない、でも、諦められない。諦めることは得意だったはずなのに、どうしても諦められなかった。

どうしたら、バレエをすることができるか、一果は考えに考えた。

しかし、いい知恵など少しも浮かんでこなかった。

そして、一心に考え込んだ一果は、すくっと立ち上がり、おもむろに部屋の掃除を始めた。

自分でもなぜ掃除なのかよくわからなかったが、何かせずにはいられなかったのだ。気持ちがそわそわして、じっとしていられなかったのもある。一果はもくもくと、部屋中を片付け、掃除した。

ようやく掃除を終えた頃、凪沙が帰ってきた。

「……何？　まだ起きてたの？」

台所で膝を抱えて座る一果に気づいた凪沙は、驚いたような声を上げる。もう時計はとうに十二時を回っていた。

靴を脱いで、部屋に入ってすぐ、凪沙は部屋の変化に気が付いた。脱ぎ散らかしていた服や散乱していた雑誌、無造作に置かれていたペットボトルなどがすっかり姿を消していた。床には掃除機がかけられ、部屋中の埃まではらわれている。

信じられないが、これをやったのは一果以外に考えられなかった。

「どうしたのこれ？」

一果は何も言わずに凪沙を見ている。

「なんなの？」

一果はもどかしそうな、かんしゃくを起こす寸前のような表情を一瞬浮かべたが、すぐに無表情に戻り、凪沙に背を向け、布団に入ってしまう。

「え？　なんなのよ……」

凪沙がコートを脱ぎながら、戸惑ったように言う。

布団に入って目を閉じても、眠気が訪れる気配はなかった。気づけば、バレエ教室のことを考えてしまっている。

凪沙がシャワーを浴びている間、一果は思い切って布団を抜け出すと、廊下に出た。古いマンションの廊下には、あちこちにむき出しになった水道管が見える。一果は、そのひとつに手をかけてゆっくりとポーズをとった。

実花のレッスンを思い出しながら、体を動かす。

気がつくと一時間という時間が飛ぶように過ぎていた。びっしょりと汗をかいている。それまでまったく気にならなかった冷たい夜気に、ぶるりと身震いする。

部屋に戻ると、凪沙はすでにベッドで寝ていた。

上手になりたい。

上手になるために、毎日練習したい。

そんなことを繰り返し考えながら一果も布団に入る。今度は枕に頭を付けて数分で、深い眠りに引きずり込まれた。

# 3

次の日、登校した一果は、背後からいきなり声をかけられた。初日に事件を起こして以来、一果は完全に腫れ物扱いで、話しかける者などいなかった。

自分にかけられた声だと考えることもなく、歩き続ける一果の肩がぽんっと叩かれた。振り返ると、頬に指がぐっと食い込んだ。子供のいたずらだ。ぐりぐりと指を一果の頬に押し付けながら笑っているのは、バレエ教室で会ったりんだった。

「よっ！」

「嘘……」

同じ学校だとは思わなかった。りんは悪戯っぽい顔で、「本当」と笑う。

「まさか同じ中学なんてね。びっくり」

りんはほとんど息がかかるほど、ぐっと顔を近づけて話した。まるでキスでもしようかというような距離。じっと見つめるアーモンド形の美しい目に、一果は思わずどきっとした。

「しかもさ、私先輩なんだよね」

中学二年生だというりんは、一果のひとつ上だった。

「ねえ、学校慣れた？」

一果は、黙って俯《うつむ》く。りんは気にする様子もなく、明るく話し続けた。

「先生誰？　もしかしてジャンボ？」

ジャンボとは、まるで力士のような図体にもかかわらず、いつもどこかびくびくとしている教師のことを言っているのだろう。他の生徒たちが陰でジャンボと呼んでいるのは、一果にもすぐにわかった。

「違う」

「じゃよかったね。前はあいつが担任だったんだけど本当無理だったわー」

りんは一方的にどんどん話し続けた。りんの話はよくわからなかったり、どう反応していいのか戸惑うこともあったが、りんは気にする様子もなかった。相手が聞いていようがいまいが関係ないようだった。自分が話したいことを話す、どこかそう決めているようだった。

うまく相槌《あいづち》を打たなくてもいい、無理に返事をしなくてもいいのだ。そう気づいた途端、りんの前でも自然と入っていた肩の力が一気に抜けた。

「ねえ、家どこ？」

「二十分くらい歩いたとこ」

「へえ、じゃうち近いんじゃない？　ねえ、うち遊びに来なよ。うん、決まり。放課後、校門で集合ねっ！」

りんは一方的にそう告げた。これまで誰に対しても、放っておいてほしいとしか思わなかったのに、りんにそう告げられて、一果は思ったよりも放課後を楽しみにしている自分に気づいた。

バレエシューズをぽんとくれたりんの家が、お金持ちだということは、なんとなく察していた。それでも、実際見るりんの家は、一果の想像をはるかに超えていた。それはもう家というより、一果の感覚ではお城に近かった。

自動で開閉する門を通り、広い庭を抜けて、ようやく屋敷の前にたどり着く。広々とした車庫にはいかにも高級そうな車とバイクが並んでいる。オートバイが二台に、車も三台あった。そのうちの一台のバイクを、真っ白なセーターを着た男が洗車していた。もともとピカピカと光っているのに、なぜさらに磨くのか一果はよくわからなかった。

「ただいまー」

りんの声に、男は洗車の手を止め、白い歯を見せて、笑った。どうやらりんの父親のようだった。

「おう、お帰り。学校どうだった？」

「うん、楽しかった」

りんと父親のやりとりを、一果はじっと観察する。

一果は自分の父親を覚えていない。

生まれてすぐに蒸発したから覚えているわけもないし、もとからいないも同然だった。だから、自分の父親に会いたいとか、また一緒に暮らしたいといった感情は一切ない。

それでも、他人の父親という存在は、妙に気になった。

りんは学校で起きたことを、やはり一方的に話し続ける。父親は黙ってにこにこと聞いていた。

りんの父親は優しそうな眼をしていた。しかし、どこかテレビドラマの父親役のようだと一果は思った。

「お父さん？」

玄関で靴を脱ぎながら、一果は初めて自分からりんに質問した。

もちろん、さっきの男が父親だということはわかっている。りんの反応が見たいだけだ。

「うん、パパ」

「どういう人？」

「別に、どうでもいい人」

そう突き放したように口にしたりんの冷たい表情は、先ほどの学校での出来事を興奮気味に話し続けた時のものとはまるで違った。

一果はりんの答えに興味を引かれた。本当に近いことを、答えてもらった気がする。

一果が次の質問を口にしようとした瞬間、今度は派手な女性が現れた。

「お帰りなさい」

りんの母親だということは、りんと同じ、きりっとした目をしていることからすぐにわかった。

りんの母は真っ白な犬を抱えていた。着ている服も白いので犬と同化しているのが、一果には面白かったが、もちろん笑ったりはしない。

「ただいま」

「学校どうだった？」

「うん、楽しかった」

りんの答えはさっき父親に答えたものとまったく同じだった。もちろん、同じ質問なのだから、当然だ。どの家でも、母と父と、それぞれに学校の話をしないといけないのだろうか、と一果は思う。同じ言葉だからだろうか、りんの言葉が録音されたものをただ再生しているだけのように聞こえた。もしかして、毎日同じ言葉を再生しているだけだったりしてと一果は思う。それでも、案外、気づかれないのではないか。

「お腹空いてない？　何か食べる？」

「いらない」

りんは首を振った。その時、初めてりんの母親の目が一果を捉える。

「あら、お友達？」

「うん、一果」

紹介されても、お辞儀もしない一果を、母親は怪訝そうに見つめる。

一果は、りんの後に続いて、リビングに入った。リビングだけでも広島の家が十個くらいすっぽり入ってしまいそうなほど広かった。

物の価値がよくわからない一果にも、家具や内装が高級なものばかりであることはなんとなくわかった。

中でも特に目を引いたのが、巨大な絵画だった。

バレエのポーズをとる女と少女の絵。それが母親とりんの肖像画であることはすぐにわかった。

「ねえ、りんちゃん。あの話ちゃんと考えてくれた？」

「え？　外国のこと？」

「そう。いずれは行かないといけないのよ。日本で踊ってたって意味ないんだから」

一果がぼうっと肖像画を見詰めている間に、りんと母親の不毛な会話は、娘の将来についての話に移ったようだ。

「でももう少し実花先生の所でやりたいの」

「実花先生が有能な先生なのはわかるけど、実績がないのよ。海外のコンクールじゃ先生の名前も重要なのよ」

これもまた何度もりんと母親の間で繰り返されてきたやりとりのようだった。りんの反応は鈍かったが、母親がそれに構わず一方的に話し続ける。りんも母親に対しては、一方的に話し続けたりはしないのかと一果は思う。

「一果ちゃんもバレエやってるんでしょう？」

最初は無視しようかとも思ったが、一応、娘が連れてきた友人の〝実績〟を確認しようという気になったらしい。一果の代わりに、りんが答えた。

「うん。転入生でね。実花先生のお教室に入ったばかり」

「あら、その前もどこかの先生のもとで教わっていたの？」

一果は小さく頷く。

「どちらの？」

「ギエム先生」

「え？」

「ギエム先生に公園で教わってた」

りんの母親の顔が一瞬にして凍りつく。娘の友人として迎えてよいものか、判断しかねている様子だ。

「部屋いこっ」

母親が口を開く前に、りんは強引に一果の手を引いた。連れていかれたりんの部屋は二階にあった。

りんの部屋はバレエ一色だった。コンクールの賞状やトロフィー、そしてチュチュをつけた幼いりんの写真で埋め尽くされている。

「あー、たるかったー」

部屋に入った瞬間、りんはカバンを床にたたきつけ、吐き捨てるように言った。

「パパも全身白いし、ママも白いし、犬も白いし、この家は全員シロクマかよ」

りんは自分の言ったことに、ケラケラと笑っている。一果はりんの言葉にも上の空で、まるでりんの記念館のような膨大な量の写真をぼんやりと見つめていた。

「あ、それ私。全部ママが勝手に飾ったやつ。まじで嫌になる」

りんは乱暴にクッションを放る。クッションは壁に当たったが、飾られた写真はしっかり固定されているのかびくともしなかった。

写真の中には、りんではない人物が写っているものもあった。

「こっちの写真はママの若い頃。ニューヨークだかどっかのバレエ学校行ってたときのやつ。たぶんコネ、かカネ。いや両方か。ママが踊ってるとこ見たことないけど、絶対下手だよ」

突き放すように言いながら、りんは洋服が詰まったウォークインクローゼットに入っていく。

りんは引き出しを開けた。中には、レオタードがびっしりと詰め込まれている。りんは次々と無造作につかみ出すと、紙袋に入れて一果に差し出した。

「はい、古いやつ、あげるよ」

「お金ないよ」

躊躇する一果の手に、りんは紙袋を押し付ける。

「気にしないで。うち、ぶっちゃけ金持ちなんだ。ママは毎日エステだし。パパは年収四桁で愛人ふたり。パパ曰く、うちは温泉みたいに金が湧いてくるんだってさ」

「でも、どうせ教室行けない。お金ないから」

一果はうつむいたまま、告げた。体験レッスンを受けてからずっと、教室に通う方法を考えているけれど、一向に思いつかなかった。

「あ、そういうやつね、家庭の事情的なやつね……オッケーオッケー私にまかせて」

りんはぐっと顔を近づけると、にいっと笑った。

一果がりんの家を訪問している頃、凪沙は一週間ぶりに長い付け爪のデコレーションを見つめていた。

爪に気を取られていると、いつの間にか注射針が自分の肌にすうっと入って行く。痛みはない。やはり、手際はいいのだ、見かけによらず。

ホルモン注射を打ち始めて、三年が過ぎようとしていた。一回の金額は数千円程度だけれど、定期的にやるとなるとけっこうな金額となった。

この三年で、胸も膨らみ、女性的な体型になってきたが、その副作用には未だに慣れないでいた。

ホルボケ（ぼけ）と呼ばれるこの症状は人によってまちまちだったが、凪沙はとくにひどかった。集中力がなくなり、普段、心の奥底に抱えている不安やら怒りやらがまとめて襲ってくるという感覚に陥るのだ。

注射を打った帰り道、しきりに孝介のことばかりが思い出された。

孝介は凪沙が地元広島の会社に勤めていた頃に知り合い、東京に出てきてからも付き合っていた男性であった。

凪沙は幼い頃から自らのジェンダーに悩んでいたが、三十歳を過ぎるくらいまでは男性として男性を好きなのだと考えていた。自身はいわゆるゲイだと思っていたのだ。そのため、自身が女性であることを望んでいると気づき、それを正直に孝介に伝えた時には、別れも覚悟した。しかし孝介は凪沙を愛していると言って、東京までついて来てくれたのだった。

しかし、時間の流れは、ふたりの関係を変えた。

ふたりはお互いの気持ちや、感情をぶつけ合いながらも生活していたが、次第に互いの努力だけでは埋められない溝が広がり、とうとう二人の関係は東京生活三年目に終わりを迎えてしまった。

そして三日前。

連絡をもらって久しぶりに会った孝介に、結婚したと聞かされた。

同性との事実婚をしたのかと思ったがそうではなかった。

「女性とね、結婚したんだ」

そう孝介は言った。予想外の答えに、凪沙の感情はかき乱された。孝介はバイセクシャルではなかったはずだ。

「子供がね、欲しいんだ」

自分の中で考えつくして、出した結論なのだろう。孝介は淡々と続けた。

「だから、それも含めて理解してくれる人がいてね。その子と結婚したんだ」

そして今妊活中だと言うのだ。

三日前、孝介から聞いた時には、落ち込みこそすれ泣くことなんてなかったのに、今、凪沙の目には涙があふれていた。

孝介のことを考えれば考えるほど、気持ちがぐらぐらとした。考えまいとするほど、考えずにはいられなかった。孝介のこと、というより、子供のことを考えた。「子供がね、欲しいんだ」という孝介の言葉が何度も何度も思い出された。

ホルモン注射の副作用は、こういった感傷的な日にはさらに出てしまうのだ。

ふらふらと新宿の街を歩く凪沙は、何も知らない他人から見ればただの酔っ払いにしか見えないだろう。

凪沙は泣きじゃくりながら、千鳥足で蛇行して歩く。

今にも吐きそうだ。

よろけた拍子に中年男女のカップルにぶつかり、道端に転んでしまう。

「前見て歩けよ！　酔っ払い！」

男は捨て台詞を残して去っていった。

アスファルトに触れた、涙で濡れた頬が冷たい。起き上がる気力も湧いてこない。

道路のあちこちに転がっている煙草の残骸を見やりながら、自分もまたそれらと大差ない存在のような気さえしてきた。なんだか情けなくなって、また涙があふれてきた。

凪沙の部屋に帰った一果は、りんにもらったレオタードを広げていた。

お古だというが、りんの母が次々に最先端のデザインのレオタードを買い込んでくるということもあり、ほとんど着ていない新品同然の状態だった。りんの母親の好みは少々、一果にとっては派手にも思えたが、それでも三枚のレオタードを見比べ、次のレッスンではどれを着ようと考えるだけで、心が躍った。

カチッというカギが回る音に、慌ててレオタードを紙袋に戻す。

ドタバタといつもより乱暴に入ってきた凪沙は、そのまま台所のシンクに突進してきた。

「どいて！」

乱暴に一果を押しのけると、シンクに顔をうずめて、一気に嘔吐した。

酔ってるのか？

広島で一果は同じような母の姿を見ていた。なぜ大人は酒を飲むのだろうかと凪沙を見つめながらぼんやり考える。

ひとしきり吐き終えた凪沙は、辺りに水が飛び散るのも構わずに、水道の蛇口をめいっぱい開き、滝のように水を出すと、コップに水を汲んだ。

そして、それを手に、自分のベッドのほうへ突進していく。

母との生活の癖で、息を殺しながら、様子をうかがっていると、視線を感じたのか、凪沙は「見ないで！」と叫ぶように言った。

凪沙はカバンから錠剤のようなものを取り出して、口に放り込むと、コップの水で流し込む。

それから、しばらくおとなしくしていたかと思うと、今度は子供のように泣き始めた。

母の酔い方とはずいぶん違うと感じながら、一果は凪沙を見つめ続ける。

「こっち、見るな」

弱々しく命令する凪沙の目からは、涙がとめどなく流れている。

「……だいたい泣けばおさまるのよ」

激高したかと思えば、突然、もろさがむきだしになる。まるで、凪沙の中に何人もの人がいるようだった。

「……わたしが怖い？　気持ち悪い？　あんたなんかに一生わかんない、吐きそう……」

凪沙は床にうずくまり、まるくなった。

「なんで……なんで私だけ……なんで私だけこんな目に合うの。ねえなんで？」

一果は、大泣きする凪沙を見つめ続けた。どうしてこんなにボロボロの状態で、泣いているのか、確かに一果にはわからない。一生わからないかもしれない。しかし、少なくとも、凪沙が大人たちの世界で疎外されている者だということだけはわかった。

凪沙の行動は予測がつかなかった。三十分も泣きじゃくったかと思えば、突然金魚に餌を与え始める。

大好きな曲「追憶」のメロディを口ずさみながら、金魚に餌を与える凪沙の後ろ姿を一果はじっと見つめる。金魚たちが、街のあかりを受けて、ぼんやりと光る。自由に泳ぐ金魚と、凪沙の背中を見ていたら、目の奥がじわじわと熱くなってきた。

一果は音を立てずに部屋を抜け出すと、ひとり近所の公園に向かった。そこに鉄棒があることはすでに確認してあった。

一果は実花のレッスンを思い出しながら手足を動かす。

体を動かしながらも、考えるのをやめられなかった。

なぜ凪沙はあんなに泣いていたのか？

そして、なぜ母も、あんなに泣いていたのか？

考えても答えなどでない。それでも、一果は考え続け、限界まで足を上げ続けた。

激しいホルボケに苦しんで一週間もしないうちに、凪沙は再びホルモン注射を打つためにクリニックを訪れていた。

女でいる限り、これは永久に続く。

生活の一部として付き合っていかなければいけないのに、未だに慣れないでいる自分をまた嫌いになりそうになる。

しかしクリニックの前でばったり瑞貴と会ったことで、少しだけ心が晴れた。

「あら、凪沙。偶然」

「珍しいね。ここで会うなんて」

瑞貴も同じくホルモン注射の予約だった。二人はクリニックの前で待ち合わせをして、お茶をすることにする。

「また言われたでしょう。早く手術しろって」

クリニックを出て、喫茶店に座るなり瑞貴が切り出した。

「うん、言われた。最近しつこいよね」

「やらないでしょ、日本で？」

「うん、向こう行くと思う」

向こうというのはタイのことだ。

ＳＲＳ、つまり性別適合手術において世界でもっとも進んでいるのはタイなのだ。

手術においてもっとも重要なのは症例数だ。日本は性別適合手術が出来る場所が少ないうえ、やはり症例数が少ない。

「でもどう？」

「どうって何が？」

「お金よ。私全然ダメでさ」

瑞貴が弱気な表情を見せる。

瑞貴は二年ほど前から、広告の映像制作をするベンチャー企業の社長と付き合っていた。その会社も設立当初は調子がよかったが、大手代理店も参入してきたことで苦戦を強いられるようになった。

最近ではもっぱら瑞貴が生活費を負担していて、貯金に回す余裕は一切なくなっていた。

「だからこの前借りたお金、もう少し待って」

瑞貴が拝むように手を合わせる。

確かに近頃、瑞貴にお金を貸して欲しいと頼まれることがぐっと増えた。期限には必ず返してくれるし、何よりも瑞貴を信頼していたので、頼まれるたびに都合してやっていた。

「いいわよ、いつでも」

「助かる。ありがとう」

瑞貴は恥ずかしそうに顔を伏せた。そんな瑞貴の様子を見ていたら、思わず、「私だって同じようなもんよ」と口にしていた。

途端に瑞貴が身を乗り出し、「やっぱり厳しい？」と尋ねる。

「まあね、昔蓄えたぶんもどんどん減るしね」

とにかく余裕をもって五百万円の金を貯めなければならない。無理をして借金して、女になった後も苦労している人の話も聞く。そうはなりたくないと貯金しているのだが、いつになったら貯まるのか。そうしているうちに、どんどん年齢ばかりいたずらに重ねてしまう。

自分がもっと衝動的な性格だったら、とりあえずタイに飛んでいたかもしれない。しかし、凪沙は現実という壁を無視できない性分だった。瑞貴も同じだ。現実をきちんと受け入れようとすることで、どうしても、決断や実現に時間がかかった。

二人の到着地点は法的にも女になることであったが、こういった問題では極端に後進国である日本では、簡単なことではなかった。

凪沙と瑞貴は、そこだけは死ぬほど調べていた。夜の商売をしているニューハーフたちの中には、驚くほど法的なことに無頓着な子たちがいてびっくりしたものだ。

「性同一性障害者の性別の取扱いの特例に関する法律」という無駄に長い名前の法律がある。

短くして性同一性障害者特例法と呼ばれるものだが、つまり男から女になるのに、日本政府は様々な条件を出しているのだ。

この特例法（そもそもなぜ特例じゃなければいけないのか凪沙にはわからなかったが）によると、女になるためには、二十歳以上であること、婚姻していないこと、未成年の子がいないこと、生殖腺がないこと又は生殖腺の機能を永続的に欠く状態であること、他の性別の性器に近似する外観を備えていること、二人以上の医師により、性同一性障害であることが診断されていることなどの条件を満たさなければならない。

法的に女になるためにも、性別適合手術は必須なのだ。

「そもそも障害者じゃないのに障害者ってねぇ」

この法律の話題になると、瑞貴はいつもため息交じりにそう言った。

そんな名前の法律に女として認めてもらうためにも、凪沙と瑞貴はタイを目指さなければならないし、ホストのような医師とも、診断をもらうためにうまく付き合っていかなければならないのだ。

「ねえ、全部終わってさ、女になったらどうする？」

唐突に瑞貴が聞いてきた。

今日の瑞貴は、ホルボケのせいかよくしゃべる。先日と違って凪沙の状態もまたすこぶる良かった。お互い「躁」の方向に副作用が働いているようだ。

「聞くなら自分から言いなさいよ」

「そうね。子供が欲しい」

「子供？」

「うん」

そんなの、産めないくせに、などとは口が裂けても言えなかった。

瑞貴だってわかってて言っているのだ。

医学によって私たちは女にはなれるかもしれない。でも、私たちは母親にはなれない……。

母親になりたい、という気持ちが心の奥底にもないかと言えば嘘になる。それは長い間、その場所で眠り続けている気持ちだった。

「凪沙は？」

「私は……海に行きたいわね」

「またその話」

瑞貴がうんざりしたように言った。瑞貴は母親になりたいと、子供が欲しいと言ってほしいのだった。気持ちを共有したい。決して叶わないという現実を今だけは忘れて、淡く夢見ることを一緒に楽しみたいのだ。

それは痛いほどわかったけれど、それでも凪沙はその言葉を口にすることはできなかった。

それに、「海に行きたい」という夢だって、決して嘘ではない。

「うん。海。青くないとダメなの。東京の青だか黒だかわからない海じゃダメ。砂浜だってそう。白くないとね。そこに大好きな人と行って、太陽を見上げるの」

「好きな人ってあんた彼氏いないじゃない」

瑞貴は面白くなさそうに毒を吐く。凪沙は笑いながら、「うるさいわね」と言い返した。

「思考は現実化するものなの」

「うわっ、あの本でしょ。よく知ってるね」

瑞貴もベストセラーとなったナポレオン・ヒルの自己啓発本を読んだことがあるようで懐かしそうに苦笑する。

「就職したときに読まされたわよ。思考したら女の体になれるんだったら苦労しないわね。でも彼氏くらいは願えば絶対出来ると思う」

「甘い。凪沙、あんたは甘いわ」

瑞貴は人差し指を振る。

「何？　今日はやけに突っかかってくるわね」

凪沙は思わず笑ってしまうが、瑞貴は真剣だった。

「今どき、そこいらの女でも男できないのに、うちらみたいなのがそう簡単に見つかるわけないじゃない」

その後も、延々と瑞貴の男性論を聞くはめになった。

瑞貴は美しく知的であったが、凪沙が知る限り恋愛関係には弱かった。凪沙が引くほどにのめり込み、愛してしまうのだ。

凪沙はもっと現実的であった。

社会人の頃に付き合っていた孝介と別れたあとも、二人ほど恋人を作った。

ひとりは小さなホルモン焼き屋を経営する男で、もうひとりは女性から男性に性別転換を行った人であった。

ホルモン焼きの男との関係は、愛まで行きつくことはなかった。当時の凪沙は夜の仕事を始めたばかりで孤独で不安だった。そんなときに気があった客と付き合ったのだが、男にとっては遊びだとわかった瞬間に凪沙は別れを告げた。

もうひとりの恋人との恋愛は、悲しく苦しいものであった。

お互いの気持ちが痛いほどわかるぶん、距離も近かった。

いつかこの人と結婚するのかもしれないと思ったときもあったが、結局はうまくいかなかった。近すぎる距離は、いいことばかりではなかった。似ているからこそわかることも多かったが、似ているのにどうしてわかってくれないのだという苦しみもまた多かった。

「瑞貴、あんたは幸せになってね」

凪沙は手術をするまで恋人は作らないことに決めていた。しかし年齢もあり、諦めている部分もあった。

「うん、凪沙も……」

瑞貴が涙を流している。

喫茶店で続いた大議論大会も、結局はさんざん泣いて慰めあって終わった。完全にホルボケだった。

瑞貴と別れ、凪沙はふらふらとひとり歩き始めた。頭はぐらぐらするし、汗も出るが、今日は悪いほうへは行かないようだ。

ふらつく足で休み休み歩いていると、不意にキンキンとした女の声が聞こえてきた。

「時間がきたら遊ぶのやめてすぐ帰るって約束したでしょ。ねえ、聞いてるの。もう、なんでいっつもそうやって約束破るの」

十メートルほど先で、いかにも母親然とした清潔感のある地味な服装の若い女性が、目の前で小さくなっている息子を叱っていた。

どうやら、母親が指定したサッカーの時間をオーバーしてしまったようだ。子供の足元には居心地悪そうにサッカーボールが転がっている。

「ママもう知らないからね。ねえ聞いてるの？」

母親はヒステリックに声を張り上げるが、子供はただ下を向いている。

「じゃあママもう知らない。帰るから」

うんともすんとも言わない息子にキレた母親は、ひとりすたすたと歩き去ってゆく。

凪沙は額に汗を溜めながら、じっとその残された小さな子を見つめた。

瑞貴が喫茶店で言った言葉を思い出す。

「子供が欲しい」

ぽつんと残された少年が、涙を拭う手のはっとするほどの小ささに、胸の奥がきゅっとなる。少年のいたいけな様子に、心の奥底に封じ込めていた感情が一気に噴き出してくるのを感じた。

抱きしめてやりたかった。

「私だって、子供が欲しい」

凪沙はさっきはどうしても言えなかった心の奥底の声を、心の中で瑞貴に返した。

凪沙に気づいた少年が、じっと見つめてくる。

凪沙はゆっくりと近づき、ボールを拾うと、しゃがんで少年に差し出した。

少年はボールを受け取らずに、不思議そうに凪沙をじっと見つめている。

凪沙と少年の無言の交流はしばらく続いたが、突然、少年はボールをさっと受け取り「ママー!」と母親を追いかけて行った。

その後ろ姿を見送りながら、凪沙は様々なことを考えた。

どんな父親なのだろうか?

彼の成績はいいのだろうか?

サッカーはどれぐらいうまいのだろうか。将来はサッカーの日本代表になるかもしれない。男性と恋に落ちることも、女性になることもあるかもしれない。

あらゆる妄想をしながら、凪沙はその場に佇んでいた。しかし、自分が少年の母親になるという妄想はできなかった。母親の姿を見てしまったからだと自分に言い訳する。妄想なら何でもありだというのに、妄想の中でも自分を母親にできない自分の不器用さに、凪沙は苦く笑った。

「すごいでしょ。でも馬鹿みたいだよね」

りんがクールに言った。

りんは秋葉原という街をさして言っている。

言うまでもなく秋葉原は日本が世界に誇るオタクの聖地である。一果はりんに連れられ、秋葉原駅を出て、万世橋の方面に向かって歩いていた。

路地の至る場所にコスプレをした客引きたちがひしめいている。なかでもメイド姿が一番多かった。

「ないでしょ、広島には。こういうとこ」

りんが一果に聞いた。一果は首を傾げながら、メイドをじっと見る。一果にはメイドと、キャバクラの客引きの違いがよくわからなかった。

母の早織が働いていた地元の繁華街では、キャバクラ嬢がそのまま外で客引きすることも多かった。

「あの人たちはキャバ嬢？」

一果がりんに聞いた。

「え、メイドでしょ。キャバクラとは違うんじゃない」

「じゃあ何するの？」

「店で飲み物運んだり、客と話したり」

「じゃ同じだ」

結局、メイドとキャバ嬢の違いはよくわからなかった。

「アニメとか見るの？」

歩きながら、りんが尋ねる。一果は短く答えた。

「見ない」

「テレビは？」

「見ない」

「ユーチューブは？」

「見ない」

「じゃあさ、何を見るの？」

「何も見ない」

一果の答えに、りんはとうとう笑い出した。

二人は話しながら大通りを過ぎ、少し路地を入ったところの雑居ビルに入っていく。

「愛らんど」と書かれた扉を開けると、すごい数の人間たちが狭い空間でひしめきあっていた。

男たちは全員一眼レフのカメラを手にして、女の子たちを撮影している。

「すごいでしょ」

「何してるの？」

「撮影会」

今度こそは一果もすごいと思ってしまった。こんなところは、広島にはない。いや、あるのかもしれないが、少なくとも一果は見たことはなかった。メイドのように似たようなものも記憶にない。

部屋の中は五つほどの簡易的なブースに分かれていた。それぞれのブースには一名のモデルがいて、ひとつのブースにはソファやベッドが置かれており、ひとつのブースに一名のモデルがいて、ポーズをとっている。ポーズは客が指定することもあるし、女の子が慣れた感じでどんどん変えていく場合もある。中には、胸やお尻を突き出したりする過激なポーズで客を引き寄せている者もいた。

モデルの衣装は様々だがほとんどは水着であった。中には制服や、数は少ないが下着姿のモデルもいた。

「はい四十秒行きまーす」

モデルたちはそれぞれタイマーを持っており、ひとりの客につき四十秒間、モデルを撮影できるというシステムだった。持ち時間を使って、ひたすらシャッターを押す者もいれば、ひたすら話しかける者もいる。

りんは土日を使って、たまにここでアルバイトをしていた。

高校生と嘘をついて働いていたが、スタッフも客もりんが中学生だということは薄々わかっていながら、あえて口には出さなかった。いわゆるグレーゾーンのアルバイトだった。

「愛らんど」のモデルの中でも群を抜いて可愛く、圧倒的な人気を誇るりんは水着にはならない。私服姿で十分客が集まるからだ。

容姿だけでなく、りんはトークにも定評があった。頭の回転が速く、大人が好むような少女をアドリブで演じることができる。

「今日はね、友達を連れてきたんだ」

りんが自分の常連客たちに一果を紹介する。

「可愛いね。水着あり？」

「ありなわけねぇだろ！」

乱暴な口調で答えると、りんはグーで客の腕を殴る。客はひどくうれしそうにしていた。

それからもりんは少し男っぽくさえある、乱暴な口調で客に接した。それがわざとなのか、地なのかは一果にはわからなかった。

「はい並んで並んで！」

初モデルの一果を撮影しようと集まってきた男たちをりんが仕切り始める。

「はい四十秒行くよ！」

こうしてりんのプロデュースのもと、一果はアルバイトを始めた。

撮影が終わると一日のアルバイト代が手渡された。

りんが二万五千円、一果が一万円だ。

中学生が稼ぐには桁違いの金を、ここではほんのわずかな時間で手に入れることが出来る。自分のものとなった初めての一万円札に、一果は思わず興奮した。

まだ客はいたが、短い時間で切り上げ、二人はりんがよく行くというカフェに向かった。

いろんな種類のパフェがあるのだという。一果はパフェを食べるのは初めてだった。一口食べて、思わず口元がほころぶ。りんはそんな様子を頬杖を突きながら嬉しそうに見つめた。

「これでバレエやれるね」

りんがパフェを頬張りながら言う。

「うん。でもなんで？」

「何が？」

「なんでお金持ちなのにこんなバイトするの？」

「別に。意味はない」

父親に対して、「別に、どうでもいい人」と言い放った時の口調とどこか似ていた。

「気持ち悪くない？　あのひとたち」

「え？　まあ、気持ち悪いけど、金くれるんならいいんじゃない」

「ふーん」

一果はあっという間にパフェを平らげてしまった。ほぼ同時に完食したりんが悪戯っぽく笑う。

「ねえ、もうひとつずつ頼もうか」

「うん」

二人はそれぞれ三つ、合計六つのパフェを平らげ、翌週から、バイト後は二人でパフェを六つ食べるというのが決まりごとになってしまった。幸い、一果もりんもどれだけ食べても太らない質だ。

パフェを食べられると思うと、バイトの日が楽しみになった。

バイトをはじめることで、一果は、凪沙に知られることなくバレエを続けることが出来た。

技術のほうもどんどん上達し、その上達のスピードには、実花先生も目を見張るほどだった。

バレエ教室のレッスンだけでは物足りず、一果は毎日、朝、登校前にマンションの廊下で練習をし、昼は学校の屋上で練習し、そして放課後は教室か公園で練習をするようになった。一果の時間のほとんどはバレエに費やされるようになった。

一果が凪沙の家にやってきて二か月が過ぎた。

一果を預かった目的であった養育費も、二週間ほど前からようやく振り込まれるようになった。

お金目的で親戚の娘を預かるなんて、とんだ性悪だとまた自分を責めながらも、やはりまとまった金が入ると嬉しい。女になるためにも、何はともあれ、まとまった現金が必要なのだ。

凪沙の仕事の時間帯もあり、一果と顔を合わすことはほとんどなかった。それでも休日はお風呂や食事の時間が自然と重なった。お風呂は当然のように凪沙が優先されたが、食事は凪沙が一果の分も作ることが多かった。

一果は相変わらずほとんどしゃべらなかった。声を聞いたのも片手で数えるほどだ。いただきますも、ご馳走様も言わない一果に内心腹を立てながらも、自分には関係ないと言い聞かせ、無言のまま食事を済ませる。当然、おいしいともまずいとも一果は言わなかったが、食器は空になっていたから、食べられるものではあったのだろう。

一果のことが苦手だった。

それは初めてやってきたときから今まで一貫していた。

上京した頃と違って、最近の一果は随分と身綺麗になった。どうやら、新しくできた友人の影響らしい。第一印象では陰気だとしか思わなかったが、よくよく見れば容姿も思っていた以上に整っていた。そういえば、母親の早織も、親戚が自慢するほどの美人であった。

一果は手足も長く、中学一年生にしてはモデル並みの体型で、風呂上りの一果を見て羨ましく思うこともあった。

美しいものは、凪沙も好きだ。であれば、一果を親戚としてかわいいと思ってもよさそうなものなのに、苦手という意識はかわらないままだ。

何が苦手なのかは凪沙自身にもよくわからない。やはりあのまっすぐすぎる視線なのか。それとも、ほとんど聞いたことがないのに、妙に耳にこびりつくような声なのか。いかにもかわいそうという雰囲気なのか。

もしかしたら、ただ第一印象に縛られているだけなのかもしれない。急に、親戚の子を預けられ、いらいらとした気持ちのままで、彼女を判断しているのかもしれない。

確かに、今のままでは彼女を判断する材料が少なすぎると認めざるを得なかった。ほとんど顔を合わせていないとはいえ、彼女のことを知らなすぎる。

「学校は、楽しい？」

ある日、妙に殊勝な気持ちになっていた凪沙は、食事の際に、一果に話しかけた。

一果はただじっと見つめ返すだけだった。一果はりんの両親のことを思い出していたのだった。学校についての空虚な会話を繰り返す人たちのことを。そんなことを凪沙は知るはずもない。

「……うん」

もう答えなど返って来ないのではないかと思った頃に、一果が答えた。しかし、それ以上の会話もなかった。もう殊勝な気持ちなど、とっくに消え失せていた。無駄だとわかっていることを試す気力もない。

二人の関係は始まることもなく、永遠に終わったように沈んだ。

それからは、凪沙が会話を試みることもなくなった。

どうせ、もうすぐ、この共同生活は終わり、一果は広島に帰ってゆくのだ。

凪沙は漠然とそう考えながら、眠りについた。

数か月が過ぎた。最初は東京にいるのも三か月ほどだと聞かされていたのだが、広島からの連絡はない。しかし、この状況は一果にとって好都合だった。広島に帰ったら、バレエを続けられるかもわからない。一日でも長く、バレエを続けたかった。

数か月の間に、一果のバレエのレベルはりんと肩を並べるまでになった。ギエム先生のもとで培ったバレエの基盤のようなものが、一気に花開いたのかもしれない。

昼休みに屋上で練習する一果を見て、りんははっきりとそう感じた。

手足の伸びも違うし、回転の安定感や、腰の位置など以前とはまるで違った。

「一果、上手になってきたね」

一果は嬉しそうにほほ笑む。最近一果は、表情が増えた。もしかしたら、一緒に居る時間が増えたことで一果の表情が読み取れるようになっただけなのかもしれないが、ちらりと笑顔を見せてくれる機会は格段に増えた。

一果はもくもくと基礎練習を続けている。以前のりんであれば、人が練習していると、その倍はやらなければ気が済まなかった。今はなぜかそうした気持ちがわいてこない。

今も一果と一緒に練習する気にはなれず、最近覚えた煙草を吸い始めた。

「コンクール出ないの？」

「別に」

一果は曖昧に答える。

一果は、最近、バレエの世界について少しだけ知るようになってきた。

世界有数のバレエ人口を誇る日本には、数多くのバレエ教室が存在し、実花先生の教室もそのひとつだ。そのほとんどの教室はお稽古事として通う子供たちで成り立っていた。

将来どのようなバレエダンサーになるのかは、ほとんどが子供の頃に決まってしまう。大きくなってからでは遅いのだ。だから、いかに早く良い先生のもとで習い始めるか、いかに多くの国内コンクールで結果を出すかが重要になってくる。

すべてをクリアしてゆくと、海外留学が約束されるという。

バレエに例外はない。一歩ずつ結果を出すしかないのだ。

「実花先生、一果をコンクールに出すつもりみたいよ」

そのことは既に教室中の噂になっていた。バレエ教室に本格的に通い始めて数か月というスピードで、コンクールに出場するのは聞いたことがない。しかし、今の一果の圧倒的な実力を前に、生徒たちはみな納得していた。

明らかに実花は一果にのめり込み、他の生徒の何倍もの練習量を課して、しごいている。一果はますます上手になるはずだ。しかし、依怙贔屓だと責める者もいなかった。バレエは実力の世界だ。

「コンクール出るの？」

りんは重ねて尋ねたが、一果は答えない。

実花先生の自分に対する期待は、一果も感じていた。しかし、気づかないふりをして、はぐらかすことしかできなかった。

海外留学するだとか、バレエダンサーになるだとか、遠い未来の夢など、一果は描けなかった。数か月後、バレエを続けていられるかもわからないのに。

「出るなら私と同じアルレキナーダにしなよ、衣装もすごく可愛いんだよ」

アルレキナーダは小中学生に人気の演目だった。

「出ないよ」

とりあえず、一果はそう口にした。多分、きっと、出られない。こんな時間が続くはずもない。

「出たらの話」

そう言いながらりんが近づいてきて一果の腕をとる。相変わらず、距離が近い。顔を寄せると、かすかに煙草の臭いがした。

「踊ろ」

そう言って、りんが一果の腰に手をまわす。どうやらワルツか何かのつもりのようだ。

何やらメロディを口ずさみながら、りんが踊り始める。りんは男側のパートのようで、それっぽく一果をリードしてくれる。

「ちゃんと踊って」

そう言われると、面倒くさがっていた一果もお付き合いとばかりにステップを真似し始める。

誰もいない屋上で二人はふわりふわりと回りながら、ステップを踏み続けた。

りんといると、一果は楽しかった。

今まで友達がいたことがなかったので、比べることはできなかったが、りんは特別な存在だと感じていた。

「楽しいね！」

りんが一果をリードしながら言う。

「うん」

一果は笑顔で頷いた。

最後に、りんが男性役として膝を曲げ、お姫様に対するようなうやうやしい決めのポーズをとる。

ひざまずいたりんは、一果を見上げるような体勢で、「負けないから」と強い目差しで言った。

「なにが？」

「私、バレエだけは負けたくないんだ」

ぞくっとするようなりんの目が一果をまっすぐに見つめている。

「一果は私の一番の友達。そして一番の敵だから」

りんはさっと立ち上がると、一果に背を向け、教室へと戻っていった。

負けないから。

屋上で口にしたりんの言葉は、その日のうちに虚しく消え去ろうとしていた。

いつものように一果とともにバレエ教室に向かったりんは、奥歯を嚙み締めながら踊る一果の姿を見つめていた。

負けたくないと言ったのは、少なくともまだ対等だと思っていたからだ。しかし、気づけば、すでに負けていた……。バレエを続けてきたりんにはそれが努力では埋められない差だとわかってしまった。

一果の迫力と、実花先生の気迫に影響されてか、バレエ教室にはいつもより熱がこもっていた。

そんな中、苦しいグランジャンプの練習がはじまった。スタジオの端から端まで、ひたすら高く跳び続けるという過酷な練習だ。

「跳んでいく！　跳んでいく！　もっと跳んでいく！」

実花の掛け声とともに、生徒たちは次々にジャンプをする。

体力だけでなく、気力も振り絞って、限界を超え跳び続ける。息が続かずに生徒たちが次々に倒れ込むようにして、足を止める。

実力者であるりんも耐えきれず、しゃがみこみ、足をさすり始めた。数か月前に痛めた足がいよいよ激しい動きに耐えられなくなっていた。

脱落した生徒たちは、唯一残された一果と実花先生のやりとりを見ている。

「実花先生、一果ちゃんにしか興味なくなっちゃったね」

りんの隣の生徒も肩で息をしながら、ささやきかける。彼女は泣きそうになっていた。

りんも泣きそうだった。

「一果っ！　それじゃダメだって言ってるでしょう！　もっと高く！　できるまで続けるわよ！」

一果も実花の怒号に応えるかのように跳びつづけていた。体力は間違いなく限界を迎えているはずであった。しかし一果は気力の果てまでやめる気はないようだった。

汗を撒き散らしながら、跳び続ける一果は、神々しいまでに美しかった。

実花の目にはもはや一果しか映っていない。

ほかの息も絶え絶えなバレリーナたちは、実花の夢の世界から放り出されてしまった小動物のようであった。

「ねえ一果」

練習が終わると、りんは着替えていた一果の横に身を寄せるようにして座った。

「うん？」

「明日のバイトさ、個撮にしようよ」

「個撮？」

「うん」

個撮とは「愛らんど」で行われている個別撮影のことであった。

個室スタジオで一対一の撮影を行う代わりに、何倍もの撮影料がかかり、そのぶんアルバイト代も高いというシステムだ。

「コンクールとかお金必要になるしバイト代上がるし、そうしたほうがいいと思うんだ」

本当は一果がコンクールに出たいと考えていることをりんは知っていた。出たくないわけはない。

バレエを踊り、高みを目指すようになったダンサーが舞台を欲することをりんはよく知っていた。りんの母もかつてはそんなダンサーであったが、実力にも運にも恵まれることはなかった。だからこそ娘のりんに夢を託したのだ。

バレエの世界に一度立った者はわかる。

より大きな舞台で踊りたいと必ず思うようになる。もっと高みへ、もっと高みへ。グランジャンプのようにその衝動は止まらない。一度舞台に立った者は、誰しもそんな運命を背負うのだ。

りんは一果の背中を押したかった。

派手に転倒してしまうかもしれないほど、乱暴に。

次の週末、一果はりんに勧められるままに、個撮のスタジオに立っていた。りんがなぜ突然、個撮をすすめてきたのかわからなかったが、お金がもっと必要になるのは確かだった。コンクールに出るとしたら、参加料の他にも衣装レンタル代など思いのほか多くのお金がかかるらしい。一果の気持ちは、コンクールに出る方に傾いていた。

「こんにちはー」

通常の何倍もの料金を払い、スタジオに入ってきたのは佐藤と名乗る中年男だった。長らくこういった撮影会に通っていることは、その雰囲気から見て取れた。

佐藤は無言のまま高級カメラを掲げると、「じゃあ撮るよ」とシャッターを押し始めた。

「可愛いね。もっと、手をあげてみて、そう、そう。今度何か買ってあげる。欲しいものとかある？」

「ない」

一果が無表情に応える。

最初の頃は恐ろしさに逃げ出したくなったが、最近では客のこうした話には慣れはじめていた。

仕事なのだ。

お金のためだと思って、適当に対応すればいい。

「下着やれないの？　オプションで」

なんだこいつは？

一果は激しい嫌悪感を覚えた。少し顔をしかめた表情を、すかさず佐藤のカメラがとらえる。

「やらない」

タイマーを見る。

通常撮影の四十秒とは違い、個撮は四十分。まだまだ始まったばかりであった。

「なんで？」

不思議そうな顔をしながら佐藤が財布を開き、札を出す。

「ほら、ボーナスも出すから」

一果が後ずさると、佐藤も一歩踏み込んでくる。

「じゃあ水着でもいいよ、ねえ、お願い。ほら、持ってきてるんだよね」

佐藤は水着を掲げて見せる。黄色い小さなビキニだった。さらに一果が後ずさり、佐藤が踏み込む。もうほとんど後ろにスペースはなく、追い詰められたような気持ちになった一果は気が付くと、近くにあった椅子を振り上げ、佐藤に向けて投げつけていた。

椅子は佐藤の横顔にあたり、派手な音を立てて転がる。

佐藤は驚いてしりもちをついたものの、まだ水着を手に這《は》い寄ってくる。

一果は息を吸い込むと、思い切り悲鳴をあげた。


凪沙はタクシーで秋葉原に向かっていた。

つい先ほど、警察から電話があったのだ。

「武田健二さんですか？」

久々に聞いた自分の本名に反応することが出来ずにあたふたしていると、一果のことで問題が起きたので秋葉原の万世橋警察署まで来て欲しいと言われた。

なぜ一果が秋葉原にいるのか？

なぜ警察署にいるのか？

わからないことだらけだった。

警察署前に到着し、凪沙はおひねり三人分だと頭の中で換算しながら、タクシーに三千円を払う。そして、慌てて警察署に駆け込んだ。

女性警察官に案内された部屋には、一果と見知らぬ少女と見知らぬ女がいた。

少女はりんという一果と同じ学校の生徒だという。女は少女の親かと思ったが、実花というバレエ教室の経営者だと名乗った。

「どういうこと！」

凪沙はいつも以上に表情のない一果に向かって声を荒げた。

「あんたいったい何をしたの」

「じつはですね……」

状況を説明しようと前に出た実花を抑えて、りんが口を挟む。

「あのっ、私が悪いんです」

凪沙は改めてりんを見る。小綺麗で利発そうな子だと感じたが、それが逆に凪沙の不安を煽った。

「一果はバレエのお金が必要で……」

「バレエ？　何、何なの、どういうこと」

説明されても、その説明に初耳の情報があるのだ。説明の説明が必要だった。

「一果ちゃんがバレエ教室に通っていることはご存知ないのですか？」

実花が驚いたように言う。驚いているのはこっちの方だ。

「え？　何？　バレエ教室？　そんなの知ってるわけないじゃない」

あまりにも混乱している凪沙を見かねて、警察官が口を挟んだ。

「あの、すいません。桜田一果さんのご親族ですか？」

「そうだけど……何なの、ねえ。黙ってないで答えて」

「落ち着いてください。じつは一果さん、ちょっと問題があるアルバイトをしておりまして。警察のほうで保護しました」

「問題あるアルバイト……？」

「少し事情をお聞きしてもよろしいですか？」

その後の顚末《てんまつ》のほとんどを凪沙は覚えていない。

あまりにも知らない話が多すぎて頭がついて行かなかったのだ。

さらに少女たちから警官が事情を聞いている最中に、りんの母親を名乗る女がやってきて喚き散らし始めたのも凪沙を混乱させる原因となった。

「弁護士なんて何十人もいるんだから！」と、逆上したりんの母は、娘が危険なアルバイトをしていたことを頑として認めず、すべて一果のせいだと言い張った。

「まあ、りんちゃんは誘われたんだし。自分でそんなこと出来るわけないし、そもそもおこづかいも十分に渡してあるんですからお金必要ないわけだし。聞いたら、お友達の彼女がお金に困ってるから助けてあげたって言うでしょ。その子がりんを誘った、んじゃないかしら」

「ママ、違うって」

りんは必死に声を上げたが、りんの母は「あなたは黙ってなさい！」と怒鳴りつけた。そして、混乱したままの凪沙の頭ががんがんと痛むほどの大声で、喚き散らしたのだった。

「ねえおまわりさん。この子は優しいの。才能もあるし。いずれ海外に留学させようと思ってますの。だからこんなところで警察沙汰になるの、とてもマイナスなんですよ」

法務大臣とも友達だと言い出したりんの母には警察も手を焼いているようだった。

「まあお母さん、落ち着いて。娘さんも反省してるわけだし、もちろん未成年にアルバイトをさせていたお店側にも問題があるわけですし」

なぜか事情を聴取する側の警察が、りんの母を必死でなだめるはめになっていた。

ようやく凪沙が警察署から解放されたのは三時間後だった。

店の経営者は未だに事情聴取を受けており、何かしらの立件をする際は協力して欲しいと言われた。

「すいません、わざわざ。今回の件ですが、私の監督不行届きで、本当に申し訳ございませんでした」

外に出るなり、実花が凪沙とりんの母に頭を下げた。

「先ほども申しましたように、りんは海外に留学する予定です。本当は国内のお教室に通わせる時間的な余裕なんてないのですが、この子がどうしてもと言うから。なのでその気で指導して頂きたいのです。お世話になるのもあとわずかだと思いますので」

強い調子で言うと、りんの母親は一果と話す余裕も与えず、無理やりりんを車に押し込んだ。

「ごめん」

窓越しにりんは一果に向かって、口の動きで何度も伝える。

走り去る車に向かって、一果も何度もうなずいた。

車が見えなくなると、実花は改めて凪沙に向かって頭を下げた。

「こんなことになってしまい。申し訳ありませんでした。すっかり同意いただいてるかと……」

バレエ教室の先生というだけあって、スタイルは抜群だが、どこか人がよさそうな雰囲気がある女性だった。少なくとも、りんの母親のように会話にならないようなことはなさそうだ。

凪沙は少し肩の力を抜いた。

「この子がまさかバレエ教室通ってるなんて思わなかった」

「あの……懲りずに一果ちゃんにバレエを続けさせてあげてください」

「でもこの子、短期の転校で近く母親のもとに返すのよね」

一果は俯いている。

「それにぶっちゃけバレエってお金かかるでしょ」

「かからないと言えば嘘になります。でも一果ちゃんは、素晴らしい才能をもっています。育てたいんです」

実花は熱心に頭を下げた。単なるセールストークではないようだ。しかし、凪沙は首を横に振った。

「でも……バレエなんて金持ちがすることだよね。さっきみたいな家の子とか。この子ができっこないよ」

残念だが、現実にはかなう夢とかなわない夢があるのだ。

「……いいの」

一果が呟いた。ほとんど息のような小さな声だった。

「え？　何？」

「もういいの！」

今度は怒気交じりの、今までで一番大きな声を出す。そして、一果はすたすたと一人で歩き始めた。

「待ちなさい！」

かっと頭に血がのぼった凪沙が咄嗟に追いかける。迷うようなそぶりを見せながら、実花も続いた。

「ちょっと！」

「ほっといて」

構わずどんどん歩く一果の腕を、凪沙は感情的に摑む。もう我慢の限界だった。世話をしているのに、迷惑ばかりかけられる。お礼もいえなければ、謝ることさえできない。

一果は無言で凪沙の腕を振り払おうとする。

「またダンまり？」

皮肉っぽく凪沙が尋ねると、一果はさらに激しくもがいた。

バレエで鍛えているせいか、その力は大人以上だ。しかし凪沙もむきになって、一果の腕をつかんだ。

「あなたバイトのこと何も話してないけど、二度とああいうことしないで！」

もう一果の腕を放すつもりはなかった。謝るまで放さないと決めたのだ。まるで野生馬の調教のようだった。一果はもがき続けていたが、しばらくしてやっとだらっと力を抜いた。それでも、油断せず、凪沙はその手を放さないでいる。

「関係ないじゃろう……」

一果の目から涙が溢れ、凪沙はたじろいだ。

一果が涙を見せるなんて思ってもみなかった……。

しかし考えてみればまだ十二歳の少女なのだ。

「あんたもお母さんのことでいろいろあるんだろうけどさ、もっと自分を大切にしないとだめ。あんなアルバイトなんかしないで」

「関係ないじゃろ！」

泣き叫びながら一果は自分の腕を嚙み始めた。

「な、何してるの！　やめなさい！」

「関係ないじゃろ！」

一果の歯は、深く食い込み、早くもうっすらと血がにじんでいる。

「やめなさい！」

「やめてっ、お願いっ！」

実花先生も止めに入る。

凪沙は一果の腕をとり、口元から強引に引きはがすと、暴れないよう強く抱きしめた。

一果は必死にもがいていたが、少しずつ大人しくなった。

一果の肩が震えている。一果は声を殺して泣いていた。

「うちらみたいなんはね！」

凪沙の目にも涙が溢れ始める。一果の孤独が、なぜか自分のことにも思えたのだ。

考えてみれば、最初に不愉快だと思った一果の目。あれは、かつての自分の目ではなかったか。

誰にも何も期待しないと決めてしまった、孤独な子供の目。

きっと一果の目を見るたび、自分の中の孤独を突き付けられるようで、居心地が悪かったのだ。

「うちらみたいなんは、ずっとひとりで生きて行かなきゃいけんけえ……強うならんといかんで」

一果は何も言わなかったが、それでも、自分の言葉がほんの少し彼女に届いたことを、凪沙は感じた。少女は凪沙の胸に体を預けて泣いていた。

実花も横で涙を流していた。

「強うならんと……」

凪沙は一果を優しく抱きしめた。

弱い者は、哀しい。

だからこそ凪沙は強くなろうと生きてきた。

母に捨てられた一果も、強くなるしかないのだ。

強くなるしか……。

警察署に呼ばれた日は、スイートピーの出勤日であった。

一果だけを帰そうかとも考えたが、彼女の精神状態を考え、凪沙はスイートピーに一緒に連れて行くことにした。

「可愛い！」

一果を見るなり、女の子たちはこぞって称賛の声を浴びせた。

中学生とは思えぬその体型と、日本人離れした端正な顔立ちを羨ましがり、ファンデーションいらずの若い肌に触れたがった。みんな美しいものには弱いのだ。いつもは女性には憎まれ口しか叩かないママまでもが興奮していた。

「モデルさんみたいねー。うちで働かない？」

「未成年だから。ていうか子供だから」

半分本気の口調に、慌てて凪沙が止めに入る。問題のあるアルバイトで警察署に行ったばかりなのに、また違法なバイトをさせるわけにはいかない。

「全然子供に見えないじゃない。こういう子いるのね」

昭和にはなかなか見かけなかった、すらっと伸びた長い手足に、ママは感心しきりだ。

無遠慮に触られたり、大げさな称賛の言葉を浴びせられている当の一果はというと、いつものように無表情であった。

「ママごめんね、今日はちょっとひとりにしておきたくなくて」

「ぜーんぜん。いいのよ。背も大きいのね」

「ねえ、ママ、瑞貴、今日出勤だよね？」

凪沙が辺りを見回して言う。瑞貴の姿が見当たらなかった。

「それがさ、来てるのよ、また」

「え、また？」

「うん」

瑞貴の彼氏が、裏口に来ていて、なんだか深刻な話をしているというのだ。

こっそり様子をうかがうと、瑞貴はスーツ姿の男と対面していた。ベンチャー企業の社長だという彼氏だ。最初に店に来た時には肩身の狭そうな様子だったが、最近では開き直ったのか妙に堂々としている。

「でも前にもう大丈夫って言ったじゃない」

「今の時代ってすぐにいろいろ変わっちゃうから……」

「いつまでもこんなんじゃ不安だよ。それに職場に来られてもさ」

「明日には必要なんだよ。少しでいいからさ」

瑞貴の苦い声に対して、彼氏の声はどこか軽い。凪沙がわざと咳払いをすると、気づいた瑞貴は無理に笑顔を作った。

「瑞貴、大丈夫？」

「あ、おはよう凪沙。あ、ちょっといいかな」

瑞貴は凪沙の腕を引っ張り、人気のない廊下の奥へと連れていく。

「じつは、お願いあんだ……」

「お金？」

「ごめんっ。絶対返すから」

「うん、いいよ」

瑞貴が辛い顔をするのは見るに忍びなかった。

凪沙に出来ることはせいぜい、遠くでまるで他人事のように見ている男を睨みつけてやることくらいだった。

「ねえ、彼の会社どうなってるの？　こんなに瑞貴のお金をあてにするなんて……おかしいよ」

「え……うん、苦しいみたいだけど、でも、なんかちょっとしたトラブルみたいで、今度こそすぐにもとに戻るって言うし」

「差し出がましいようだけどさ……彼、大丈夫かな」

「彼ね、こんな私を受け入れてくれてるんだ。ぜーんぶさらけ出してくれてさ……だから私、彼を助けたいの」

自分たちのような女にすべてをさらけ出してくれる男とはなかなか出会えないと言うのが瑞貴の持論だった。

分かるけど、最近の瑞貴、全然、笑ってないじゃない……。

そんな言葉をぐっと飲み込んで、凪沙は最後にもう一度だけ男を睨んで店に戻った。

悪いことは一度起きると、立て続けに起きる。

店の営業がはじまり、問題となったのは、常連客だった。

面倒な客が、よりによって、来店していたのだ。

その男は、家具を扱う大きな店の営業マンだったが、実家が金持ちということで金には不自由していなかった。ニューハーフクラブの常連になる多くの客と同じように、彼もまた夜の世界を遊び尽くして流れてきた客だった。

酒乱で、飲むと暴れ、少し酔いが醒めると平謝りし、酒が入ると再び暴れる。その繰り返しだった。他の客の迷惑にもなるので、店としては出入り禁止にしたいところだったが、とにかく大勢を連れてきて酒をたくさん注文するので我慢していた。

その男が客席の真ん中に陣取り、まだショーも始まっていないというのに、早くも泥酔状態で大声を出したり大笑いしたりしていた。

「最悪、なんで今日来るの」

一果に自分の踊っている姿を見せたかった。

「しょうがないよ。うちらは頑張って踊るしかさ」

瑞貴の言葉に頷く。頑張るしかない。凪沙は瑞貴たちと頷きあうと、音楽とともにステージに飛び出て、踊り始めた。客席の後ろで、一果が小さくリズムを取っているのが見える。心がぽっと温かくなった次の瞬間、音楽をかき消すような大声が響いた。

「なんだありゃ？　白鳥か鳩かわからねえよ！」

常連の男だった。男は凪沙たちを指さし、ゲラゲラと笑いだす。

「見てみろよ！　鳩が踊ってるぞ！」

「先輩、声小さく」

男と一緒に飲んでいる部下らしき若者二人も止めるのに必死だ。

「うるせぇばーか。俺のほうがうまく踊れるんだよ」

「ちょ、ちょ、先輩！」

突然、男が立ち上がった。

あろうことか男がよろめく足でステージに上がろうとしてくる。

「俺に踊らせろよ」

「そこは上がっちゃだめです！」

後輩二人ともみ合いになり、男はステージの階段から転がり落ちた。

頑張るにも限度があった。すっかり気が散ってしまい、四人の踊りはボロボロだった。こんな無様な姿を後ろで一果が見たのだと思うと、悔しかった。

せっかく一果に見せたかったのに……。

やがて凪沙が踊りをやめた。つづけて瑞貴やキャンディもやめてしまう。もう踊れる気がしなかった。

ステージの下ではママとボーイが男を抱き起こしている。

「ちょっとーお客さん、飲みすぎですよ」

「飲み屋だろ！　飲んで何が悪いんだよ！」

「今はショーの最中ですから」

ママはここまで迷惑をかけられてもまだ、常連の機嫌を損ねないよう気をつかっている。

しかし、もう凪沙の我慢は限界だった。

「ちょっと！　踊り見ないなら帰って！」

ステージ上から怒鳴りつける。こんなに大きな声を出したのはいつ以来だろうか。

「なんだぁ……」

酔っぱらいはどんよりと濁った目で、凪沙に近づく。そして、侮蔑の表情を浮かべながら言い放った。

「オカマが偉そうに命令するな！」

私たちは一生我慢しなければならないのか。

いったいいつになれば、私たちは……。

今日は、今日だけは、もう、許せない。

気がつくとステージから降りて男に摑みかかっていた。

「何よあんた！ いいかげんにして！」

「なんだぁ、やる気か！」

「謝って！」

凪沙が詰め寄ると、他の子たちも一気に集まってきた。

「そうよ、謝ってよ！」

凪沙に加勢しようとする者、止めようとする者、客やダンサーが入り乱れての大騒ぎとなった。

いつしか、「四羽の白鳥」の曲が終わり、次の演目の音楽が流れ始める。クラシック調の優雅な曲だった。

「あなた差別発言いいかげんにしなさいよ！」

「そうよそうよ！」

「差別じゃねえよ、区別だよ！」

クラシックのメロディをバックに怒声が絶え間なく響き渡る。歯をむき出しにして、凪沙に向かって暴言を吐き続けていた男が、突然、言葉を切った。

「あれ……」

茫然とした表情の男が指差すステージの方を、凪沙は振り返って見た。皆も一斉にステージを見つめる。

そこでは、一果が踊っていた。

おそらくバレエなのだろう。その動きは優雅で、なめらかで、まるで天から降りてきた妖精か天使のようだった。すっと伸びた指先や足先まで美しい。まるで魔法をかけられたように目が離せなかった。凪沙は一果の長い手や足が、どんなにステージで特別な効果を生むかに気づいた。

才能だとしか言えなかった。

自分たちの白鳥の踊りもまずまずだと思っていたけれど、一果の踊りは芸術だった。

何より、凪沙が目を奪われたのは一果の笑顔だった。初めて見る笑顔の一果はまるで別人のようだった。

美しい……。

少女の踊りは、大人たちの心を惹きつけた。

怒鳴り散らしていた酒乱の客も、まるでつきものが落ちたような顔で、ステージを見詰めている。

「すごいな……」

男がポツリと呟く。

誰もが一果の踊りに視線を注ぐ中、一果は本当に楽しそうに、自由に踊り続けた。


閉店の準備も整い、大変な一日がようやく終わろうとしていた。

一果は一足先に店の外に出て、階段に座り、夜風に当たっていた。

バレエを踊りたい。

ただ、バレエを踊るだけでなく、ステージに立ちたい。

見ている人たちの心を動かしたい。

スイートピーの小さなステージでの踊りは、ギエム先生のもとで踊っていた青空教室とも、実花先生のレッスンとも、全然違う充実感があった。

これがみんながよくいう幸せな瞬間なのかもしれない。

一果は漠然とそう思った。これまで、嫌なのか嫌ではないのかということはわかっても、幸せかどうかというのは、よくわからなかった。でも、これがそうなのかもしれない。胸のあたりがじんわりと温かく、口角が自然と上がってしまうような、そんな瞬間。

「お先にねー、一果ちゃん。踊り可愛かったよー」

先に帰るアキナやキャンディが笑顔でひらひらと手を振る。

「一果ちゃん、絶対にプロになるねー」

そんな風に言ってくれるお店の子もいた。

一果は店の人たちのことを好きだと思った。みな、それぞれにとてもやさしい。それはみな生きることが大変で、それでも必死に耐え抜いてきた人だからなんじゃないかとぼんやりと思った。

「ここにいたのね」

気づくと、自分のすぐ横ににゅっと細い足が伸びていた。見上げると凪沙だった。

「寒くない？」

一果が首を横に振る。

凪沙が一果の目の前に立った。

階段が急勾配なので、座っている一果とちょうど目線が揃う。

凪沙はバッグから白い羽根飾りを取り出すと、一果の頭にのせた。

「うん、似合うわね」

それは凪沙がステージでつけていた白鳥の羽飾りだった。

「あげるわ」

そう言って凪沙はさっさと歩きだす。

階段を降りると、そこはもう騒がしい歌舞伎町の路地裏だ。凪沙は少し先で立ち止まり一果を振り返る。背後にはネオンの逆光が点滅していて、凪沙はまるでステージに立っているかのように見えた。

「一果、何してるの？　帰るわよ」

一果は素直に立ち上がると、凪沙の横に立って歩き始めた。

二人はネオンの中を並んで歩いていく。

凪沙は横で歩いている一果を見た。一果はいまだに羽飾りをつけたままだ。思った以上によく似合っていた。

「ねえ、踊ってるときってどんな気分？」

一果は少し考えて答えた。

「宇宙でゆらゆらしている感じ」

「宇宙行ったことないくせに」

凪沙が軽く笑った。

「あれは全部あのバレエの先生のところで習ったの？」

「うん」

「じゃあ教室でもゆらゆらしているんだ」

「うん」

そんな話をしているうちに、あっという間に部屋についてしまった。
これまで、ほとんど言葉を交さなかったことが嘘のように、会話は途切れなかった。
部屋についたことが、少し残念だったぐらいだ。
「今日は大変な一日だったわね。疲れたわ」
凪沙はそう言うと、倒れ込むように、ベッドに横たわる。
そう、長い一日だった。
一果もすぐに眠りに落ちた。
枕元には凪沙にもらった白鳥の羽飾りが置いてある。
これを頭にのせてもらった時の感触を、一果は生涯忘れないだろうと思った。

## 4

一果とりんの関係は、何事もなかったかのようにもとに戻った。

変わったことといえば、凪沙の承諾をもらい、一果が正式に実花先生のもとでレッスンを受けるようになったぐらいだ。

昼休みに屋上で一緒に過ごすことも変わらない。

しかし、もう一緒に踊ることはなかった。踊っている一果を、りんは煙草を吸いながら眺めている。

もはや比べるまでもないほどに、一果の踊りのレベルはりんをはるかに突き放していた。

ふーっと長く煙を吐くと、りんは一果を見ながら、心の中で比較し始める。

一果は貧乏で、自分は裕福だ。

一果は可愛い、しかしまあ、自分も可愛い。

一果にはバレエの才能があるが、自分もそこそこある。

二人には様々な違いと、共通点がある。じゃあ、家族は……？

「ねえ、一果のお母さんってどんな人？」

一果が休憩しているときに聞いてみた。一果はむっつりと、「わからない」と答える。これだけ仲良くなっても、一果は少し言葉に詰まると、すぐに「わからない」という言葉に逃げる。

「あれなんでしょ。ＤＶってやつ」

なんとか違う答えを引き出したくて、思い切った言葉をぶつける。

案の定、一果が睨んできたが、怒っているわけではなさそうだ。

初日から騒動を起こしたこともあり、学校で一果は噂の的になっていた。ＤＶにあっている、ヤクザの娘だ、橋の下に捨てられていた、父親がオネエだ。噂は様々だった。

「別に言いたくなかったらいいよ。答えなくて」

「よく叩かれた」

あっさりと一果が認めた。

「でも昔は優しかったよ」

「昔って？」

「すごい昔。小学校の三年生くらいまで。バレエも初めて、習わせてくれた」

ギエム先生の前に、実は一果は少しだけバレエ教室に通ったことがあったのだと言った。

「え、一果、バレエ教室行ってたんだ」

「うん。地元の小さな。でもすぐにお金払えなくなってやめさせられた」

同じクラスの子がやっているのを見て、自分もやってみたいと一果がせがんだのだという。

一果が何かをねだることは珍しく、早織はわりとあっさり許してくれた。しかし、月謝以外にも、お金がかかると知った早織は一月も経たずに一果をやめさせた。そういったことを一果は言葉少なにぽつぽつと話した。

「その後はギエム先生ってひとのとこ?」

「うん」

ギエム先生のことは少し聞いていた。

「スイスで踊ってたとかいう話だっけ?　それ絶対嘘でしょ」

「本当だと思う」

「いやいや、だってありえないでしょ」

一果はギエム先生に一度だけ写真を見せてもらったことがあると言った。若く美しい東洋人のバレリーナが、欧米人たちと写っていたという。

「適当な写真だよそんなの」

りんは言うが、一果は固く信じていた。

「なんかバレエってさ、幸せになる人いないよね」

りんはたちのぼる煙草の煙を目で追いながら、ぽつんとつぶやいた。

バレエはシビアで過酷な表現の場だ。頑張るだけでどうにかなるものでもなく、バレリーナの容姿やプロポーションはもちろん、母や祖母のセンスまで見られるのだ。圧倒的に権威主義で、資本が必要で、不平等な、今の時代にはまったく馴染まないもの。それがバレエなのだった。

しかし、バレエは続いてきたし、続いている。そして、これからもきっと続くだろう。

一度踊れば、誰もが魅了され、身を滅ぼしてまでも、極めようとするもの……。

「ねえ一果はさ、変わったね」

りんがぐっと顔を近づけて、言う。

「何が？」

「すっごい話すようになった」

「なってないよ」

「なったよ。あとね、明るくなった」

「なってないよ」

「なったよ。あとね、すごい可愛くなった」

「なってない」

「なった。あとバレエがすごい上手になってる」

「なってない」

「なってる……」

りんは至近距離からじっと一果を見つめる。

「ねえ、キスしていい？」

「うん」

二人は初めてのキスをした。

お互いの鼻がぶつかり、二人はくすくすと笑いあう。くっとあごをもちあげると、一果はまっすぐにりんを見つめた。角度を変えて、りんは何度も一果の唇に自らの唇を押しあてる。

一果のことが、好きだった。

凪沙は一果という少女について初めて真剣に考えていた。

預かるようになったのはお金が目的だったし、単なる面倒ごととしてしか考えてこなかったから、本当の意味で一果のことを考えるのは初めてであった。

一果に初めて会ったときのことは覚えていない。しかし、遥か昔、一度だけ親戚の集まりで会ったことがあるはずだった。

「どこいったんだっけな」

凪沙は部屋中をひっくり返して、アルバムを探す。男性の頃の写真は全て捨てていたが、かろうじて家族の写真だけは残してあるはずだった。

「あったあった」

段ボールから古いアルバムを取り出してめくると集合写真が一枚だけあった。早織が抱いているのが一果に違いない。

可愛い赤ん坊だ。

十代の頃は不良だった早織も、子供をかわいがり、真面目に育てようとしていたはずだ。それなのになぜ虐待するようになったのだろう？

早織の母親が体を悪くして、子育ての支援を出来なくなったのもあるだろうと凪沙は考えた。

頼る者のいない状況というのは凪沙にとって他人事ではなかった。パートナーもいないニューハーフが路頭に迷ったら、何を頼ればいいのだろう。どうやって人生を立て直せるというのだろう。保障などなにもない。お店に立てなくなれば、あっと言う間に行き詰まるだろう。

そんな自分の人生で精一杯な時に、子供を育てなければいけないとしたら。自分だったら、虐待を絶対にしないと言えるだろうか。現に、暴力こそ振るわなかったものの、凪沙は一果を面倒な存在だと決めつけ、邪魔者のように扱った。どうして、面倒をかけるのか、考えてみることもしなかった。自分のことでいっぱいいっぱいだったからだ。

自分が生きている国は社会的弱者には厳しいことで知られている。早織のような母子家庭の貧困率は世界でも類を見ないレベルだという。

一果は何も悪くない。

たまたま早織の娘として生まれ、生きてきただけだ。

それなのに、なぜ子供までもがその負の遺産を受け継がねばならないのだろうか?

「可哀想よ……」

笑顔の早織と一果の写真を見詰めながら、凪沙はぽつんと呟いた。

翌週、開業前の店に入ると、早々にトラブルが持ち上がっていた。

「ほっといて！　ママにはわかりっこない！」

瑞貴の怒声が入口まで聞こえてくる。

店の性質上、トラブルは多いが、瑞貴が大声をあげているのは珍しかった。

苛烈で、自己中で、自意識の強い女が多いなか、瑞貴は珍しく場をわきまえた控えめな女だったからだ。

「考え直して。人生の滑り台って一度滑りだすと、止まらないのよ……」

ママが瑞貴の肩に手をかけながら諭すように語り掛ける。しかし、瑞貴はその手を振り払った。

「こんな店どれだけ働いてもいくらにもなりゃしないじゃない」

「何よ、失礼ね。私だって一生懸命やってきたんだよ」

「ただでさえ普通の女よりお金かかる体だよ」

「わかってるでしょう。私たちには行き場所なんてないのよ」

「さようなら、ママ」

瑞貴はバッグを手にとり、足早に控室から去って行く。

ただならぬ様子に胸が騒いだ。

「……瑞貴。どうしたの？」

「店、やめるんだってさ」

「え？」

「あの子も堕ちたのよ」

夜の世界で生きている者たちにとって堕ちるという言葉の意味は、ひとつしかなかった。

身体を売るという意味だ。

「瑞貴！」

いても立ってもいられず瑞貴を追いかけた。

店を出て、大通りに出たところでようやく捕まえることができた。

「ねえ瑞貴！」

「やめて」

「話しよ、ね」

「いつもみたいに慰め合う気？」

「そんなんじゃない。ちゃんと話し合おうよ」

「話なんかない」

「もしかしてまたお金が必要なんじゃないの？」

瑞貴が押し黙った。

「お金ならさ、私も少しあるし」

瑞貴が下を向く。震える声で言った。

「もう優しくしないで」

「うちら友達でしょ。優しくして何が悪いのよ？」

「もう嫌なの……凪沙にお金を借りるのも、お金で苦労するのも……」

凪沙や瑞貴のような女たちにはお金の問題が常につきまとう。ホルモン注射など日常的に支出が大きいうえに、最終的に女になるための手術をふくめ莫大なお金がかかるのだ。別の支出がさらに覆いかぶさると、生活は破綻してしまう。

「……彼のため？」

瑞貴は答えない。

「うまく貢がされてるんじゃないの？」

瑞貴の沈黙は、肯定だった。瑞貴もわかってはいるのだろう。でも、切ることができない。

「ねえお願いよ、一緒にここで仕事したいの」

「凪沙、もう無理なの。決めたことなの」

そう言って瑞貴は凪沙の腕を乱暴に振り払うと、振り返らずに去っていく。

この世界に入ったときから一緒にやってきた友達だった。

歌舞伎町のネオンが瑞貴を呑み込んでゆく。

「……瑞貴」

凪沙の声は騒音にかき消されて、誰の耳にも届かなかった。

瑞貴が店を去ったことで、凪沙はひとりぼっちになったように感じていた。

アキナやキャンディとも決して仲は悪くないが、瑞貴の代わりにはならない。胸のあたりがすうすうとした。

凪沙はぼんやりと店を出て、家に向かう。通り道にある公園で、凪沙は足を止めた。騒がしい街の中に存在する小さな児童公園の鉄棒で、必死にバレエを練習する一果がいた。

凪沙に気づかず、一心にバレエに打ち込んでいた。

声をかけるのもためらわれ、ただじっと見守る。一果の練習はなかなか終わりそうになかった。ものすごい集中力と体力と精神力だった。凪沙は一果に気づかれる前に、そっと姿を消す。

そして翌日、凪沙は実花のもとを訪れた。

実花は感じのいい笑顔で、凪沙を迎えてくれた。

「はいどうぞ、アールグレイですけど」

実花が紅茶を出してくれる。凪沙は小さく頭を下げた。

「先生もやってたんですよね、バレエ?」

「まあ、そりゃね、教えてるんで」

実花が軽く笑う。

「そりゃそうですよね」

不思議と実花とは波長があった。細やかな気遣いと、ゆったりした空気がなんとも落ち着く。しかし、この性格では生き馬の目を抜くバレエの世界では、随分苦労したのではないかと、凪沙は想像する。

「私は三歳からやってました。もう寝ても覚めてもバレエバレエで、夢中でね」

「へえ、そういう子供時代羨ましい。私なんて何もなかったから」

「でも凪沙さんもスポーツとかは何かやっていたんでしょ」

「うん、野球をね。少年野球」

「あら、意外」

「うちは田舎だから、男の子は野球やれみたいなね。もう嫌で嫌でしょうがなかったわ。その野球チームが県内の強豪でね、監督が鬼のような人でそりゃもう昭和のスパルタでさー。本当はさ、私だってバレエやりたかったわよ」

「だってお店でバレエ踊ってるんでしょう。一果ちゃんが言ってましたよ」

「あの子そんなこと言ってたの」

一果が自分の話をしているなんて意外だった。

「はい、上手だって」

「やだ。私なんて真似事よ、真似事」

「あ、いけない」

実花は時計に目を落として、声を上げた。

「凪沙さん、すみませんが、私今からバイトで」

「バイト?」

「すぐそこのイタリアンレストランでアルバイトしてるんです。今の時間まだお客さん少ないから、よければお店で話しませんか?」

バレエ教室の経営をしているのに、バイトまでしているなんて、意外だった。実花のやり方ではバレエ教室はそんなに儲けがでるものではないのだろう。それでも実花はダンサーを育てたいのだ。世界的なダンサーを。

凪沙は実花とともにレストランに場所を移した。話の通り、客は一組しかいない。実花は店長に断り、座って凪沙と話しはじめた。

「アルバイトしているなんて意外です」

「え、そうですか? バレエ教室だけじゃなかなか難しいですよ。うちはほら、生徒少ないから」

実花一人が食べていくのも難しいとは、バレエの世界も本当に大変なのだろうと思った。お金はどんどんかかるのに、お金が稼げるようになるのは難しい。

そんな世界に、一果は夢を抱きはじめている。

「一果はどうですか？」

凪沙は本題に入った。

「最近は目的のようなものを持ったのか、強い意志を感じます」

「そうですか。心配です。というのもあの子、いつか田舎に戻らないといけないんですけど……」

話しながら胸が痛んだ。

「そうおっしゃってましたね……でも、それでも最後まで私の出来ることを一果にしてあげられたらと思います。バレエって才能がすべてなんです。生まれながらにしてそれを手にしている人間と、していない人間に分かれる不平等なものでして。一果ちゃんはそれを持っているんです」

真剣な顔で話す実花の話を聞いているうちに、凪沙の心も落ち着いてきた。確かにまだ、いつ帰るのかも決まっていない。先の心配をするよりも、今できる限りのことをしてあげよう。そう思った。

「ではお願いしますね。当面の間、月謝はお支払い出来ると思います。それ以外で必要な支出はありますか？」

「そうですね。うちでどこまでやれるかですけど、発表会やバレエコンクールに出るとなると、出場費や衣装代も必要になります」

その金額はあえて聞かなかったが、想像はつく。

やはりバレエはお金のない人間には厳しい世界だ。しかし、凪沙はやらせたかった。ステージであれだけ人を惹き付けた一果を見てしまったら、あんなに公園で熱心に練習する一果を見てしまったら、やらせてあげたいとしか思えなかった。

「なんとかしますので、よろしくお願いしますね」

そう言いながらも、凪沙の心には不安がよぎる。

当初、広島の実家から約束されていた一果の養育費はまた止まり、今は支払われていなかった。スイートピーの給料だけでは、バレエにかかる費用までは到底まかないきれない。

昼の仕事もするしかない。

凪沙は心を決め、実花に深々と頭を下げた。

バレエ教室に通うことを、凪沙に認めてもらってから、一週間ほどが過ぎていた。

今はすべてが楽しかった。

踊れば踊るほどに体が動くようになったし、体もより柔軟になってきた。

バレエに合わせて体の筋肉がどんどん作られているのだと実花先生は言っていた。

心配なのは、りんのことだった。りんはバレエ教室も休みがちで、レッスンに参加しても、理由をつけては休憩してばかりいた。

「ねえ、病院付き合ってくれない」

教室にやってきたりんにそう言われた時には、体調を崩していただけだったのかとちょっとだけほっとした。だから、バレエ教室を休んでいたのかと。りんがあまりにも笑顔で言うので、そんなに大事《おおごと》じゃない気がしたのだ。

病院にはりんの母も来ていたが、一果には目もくれなかった。まるで存在しないかのように扱われたが、一果にはどうでもよかった。診察室には入れないと言われ、診察が終わるまで、一果はじっと廊下で待ち続ける。待っている時間が長くなるほど、不安が募ってきた。

医師がりんに告げた診断は足底腱膜の断裂だった。バレエダンサーにとってはもっとも過酷な結果。多くのバレエダンサーを襲うこの障害は、回復するにしても長い時間を伴い、結果としてダンサー生命を奪うものだった。

医師は延々と親子に何やら説明していたが、りんはただじっとレントゲン画像に映る自分の足の骨を見つめていた。

りんの母親が誰より傷ついているのは自分だというように、大泣きし始める。

「先生、なんとかならないんですか？」

「残念ですが、以前のように踊るわけには……いかないと思います」

「この子からバレエ取ったら、なんにも残らないんです」

母にとって、私は代用品でしかないのだ。

りんは思った。

「……りんちゃんはもう二歳半からバレエずっとやってるんですよ？　こんなことになるなんて……」

「しばらくは、治療を優先しましょう」

そもそも母の涙が本物かどうかも疑わしい。

自分の世界を作り、その世界だけで生きてきた母だった。

才能もないのに世界的バレリーナを夢見て、夢破れた後はそれをまんま娘に託し、今はその夢も途絶えてしまった哀れな母。もう、スペアはないね。それとも今から用意する？

「ママ、先に出てるね」

哀れな母にりんは言い残し、一果が待つ廊下に出た。

一果はいつものように無表情に宙を見つめていて、りんに気づかない。

りんが「よっ」と一果の肩を叩くと、振り向いた一果の頰にりんの人差し指がぐにゅっとめり込む。りんはぐりぐりと人差し指を押し込んだ。りんがよくするいたずらに、一果が苦笑する。

「どうだった？」

珍しく一果から話しかけてきた。

「うん、ダメっぽい」

わざと軽く告げると、りんは自分の表情が見えないように、一果の胸に顔を埋めた。

確かに、小さい頃は母を喜ばせたくてやっていた。

でも、今はいっぱい踊りたかった。

踊るのが好きだったのに……。

そう考えると、突然、涙が滝のようにあふれてきた。涙は一果の服にしみこみ、大きな染みを作る。

一果は何もいわず、自分の頰をりんの頰にあてた。りんの体温がじんわりと伝わってくる。

かける言葉なんて何もない。

ふたりの少女にとって、お互い以外に大切なものはひとつしかなかった。

# 5

鏡を見ながら、凪沙は考えた。

目の前に映っているのは誰なんだろう？

凪沙は、スーツ量販店の試着室の中にいた。自分では絶対選ばないような、地味な女性もののリクルートスーツを着た姿は、顔は変わっていないはずなのに、妙におどおどとして見えた。真っ赤な口紅でも差せば少しはましになるだろうか。しかし、それはきっとふさわしくないのだろう。

さすがに量販店だけあって、凪沙のサイズも問題なく揃った。もっとも、靴だけは別に見繕う必要がありそうだった。

スーツを購入したら、次は履歴書用の写真だ。

証明写真なんて随分長いこと撮っていない。いったいどんな顔をすればいいのかわからず、無駄に追加料金を払うはめになってしまった。

不安だった。

新宿の夜の街を出た瞬間に、落ち着きがなくなり、不安で自信のない人間になってしまう。

でもやらねばならないのだった。

もう夜の仕事だけでは、やっていけない。

一果の面倒を見て、バレエのお金も用意し、さらには自分のケアをすることも考えたら、どうしても昼の仕事が必要だった。タイに行くための貯金は後回しにしても、全然足りなかった。

凪沙は勇気を奮い起こし、いくつかの会社の面接に行くことにした。

「うちの求人どちらで知られたんですか？」

面接官の中年男性の質問に、凪沙はインターネットだと正直に答える。

まだ広島で男性として働いていた頃は、印刷会社で営業をやっていた。だから、同じ職種をネットで調べて、応募したのだ。

今の時代、凪沙が履歴書や性別だけであからさまに差別されるようなことはない。

ひと昔前に比べれば、企業としてジェンダー問題に取り組んでいるところも多かった。

しかしそれはあくまでも表面的な話であった。

現に、凪沙を前にした二人の面接官は無意味に笑顔を絶やさずにいる。

目が合えば、凪沙も微笑み返したが、差別だと取られることがないようにと、過剰に気を使われているのを感じた。差別的な暴言を吐かれるよりはましかもしれないが、まだ当たり前の存在として受け入れられているわけではないのだと痛感した。

「志望の動機を伺ってもいいですか？」

男の面接官が聞いてきた。

「はい……昔同じ仕事をしていたのと、あとは安定してる感じがしたので……」

すると若い女の面接官が口を挟んできた。

「そのピアス、素敵ですね」

今日のために買った地味なピアスだ。似合ってるわけがない。店であれば「あんたよりはね」と笑いをとるところだが、「ありがとうございます」と素直に応えた。

履歴書とにらめっこしていた男が突然顔を上げる。

「いやー、今ね、流行ってますよね。ＬＧＢＴね。大変ですよねー。僕も講習受けたり勉強してますよ」

流行りときたか、と思った。女性の面接官が「課長」と咎めるように呼ぶ。

「え？　なんかまずかった？」

課長は慌てたように、部下に確認していたが、凪沙は別に気にもしていなかった。これくらいで傷ついていたらやって行けないし、実際、何も知らないよりも、少し勘違いしていたとしても自分たちのことを知ってくれていたほうがいい。

ここは日本なのだ。まだまだヨーロッパのようには行かない。

凪沙はそう思いながら、次の面接に向かった。

そして、凪沙はスイートピーでの仕事を続けながら、二か月間就職活動を続けた。営業だけでなく、職種も広げ、ほとんど片っ端から面接を受けたのだ。しかし、結局はどこも決めることが出来なかった。

なんとかしますと、実花には告げたが、現実は厳しかった。こんなに真剣になんとかしようとしても、なんともならないものなのか。何とか探して購入した女ものの地味なローファーも、もうかかとがすり減りだしていた。

「約束の金は？　送金ないんじゃけど」

面接と面接の間の時間に、凪沙は母の和子に催促の電話を入れた。一果のコンクールが迫っている。早めにお金を工面する必要があった。

しかし、母はすまなそうにするどころか、「こっちも大変なんよ」と怒り出した。

「私が一人で、おばあちゃんの介護もしとるんじゃけん。ほんまに、やになる。長男なんじゃけ、そっちこそたまには金送ってくれてもえんじゃないん」

都合が悪くなると、別の問題にすり替え、怒り出すというのは母の十八番だった。しかも、母はこれを無自覚にやるのだ。本当に自分が正しいと信じているから、反論したり、わかってもらうのはほぼ不可能だった。

「ええよもう。わかったけ」

いつまでも続きそうな母の話を遮って、電話を切った。

次の面接先へと向かいながら、凪沙は母の和子のことを考えていた。もう長い間会っていない。女として生きていることを伝えていないこともあるが、和子の前に立つと、昔の何事にも自信がない子供に戻ってしまいそうで怖かった。

父は凪沙が十歳のときにガンで他界した。以来、和子は女手ひとつで凪沙を育ててきた。昭和の母らしく、少年野球団にも入れ、強くたくましい男の子に育てたかったようだ。

凪沙が小学校低学年の頃、少女漫画の世界に強く引かれるようになった。同級生の女子たちから漫画を借りてきて、家で読み耽っていたが、ある日帰るとすべて消えていた。和子が捨ててしまったのだ。

「友達のなんだよ！」

凪沙は泣きながら抗議したが、和子は取り合わなかった。

「あんなん、女の子が読むもんじゃ」

和子は、母親ネットワークを駆使して、どんな少年漫画が流行っているかを調べ上げて、それを買ってきた。

「ほれ、買ってきたけえ」

和子が選んだ漫画は、野球やボクシングを題材にした男臭いものばかりだった。母の手前、ぱらぱらと読みはしたが、面白くもなんともなかった。

あの時に感じた、この人にはきっと一生わかってもらえないという絶望感は鮮明に覚えている。わかってもらおうとあがけばあがくほど、傷つくことになる、と。

よく話せばわかるとか、母親なんだから最後には理解してくれるはずだとかもっともらしく忠告してくる人がいるが、放っておいてほしいというのが正直な気持ちだ。そんな赤の他人よりも、自分の方が母のことはよく知っている。

それから、凪沙は和子の前では男子らしく見せるように心がけるようになった。その癖は大人になった今も続いている。

スイートピーに出勤する前、バレエ教室に寄った凪沙は、実花に向かって深々と頭を下げた。

「あの、コンクール参加費と衣装代のことなんですけど、もう少し待ってもらえませんか？」

こんなに早く実花に白旗を上げることになるとは思わなかった。就活するにもお金がかかり、生活費もかさむばかりだった。実家からの一果の養育費が絶望的となった今、まとまった金が工面できそうもなかった。

「あぁ……構いませんよ。もしあれなら免除にしますけど……」

「ちゃんと払いますので」

好意で言ってくれているのはわかるが、免除というのは施しを受けるようで抵抗があった。そんな場合ではないにもかかわらず、なるべく自分のお金で一果にバレエを続けさせてやりたいという思いがあった。

「こんな状況で言いづらいんですけど、コンクールは数をこなさないと意味がないんです。そうすると参加費とか衣装代がどんどんかかってしまうんです」

「……そっか。そりゃそうですよね」

思わず大きなため息が漏れてしまう。実花は励ますようににっこりと笑った。

「お母さん、継続です。大変でしょうが、乗り切りましょう」

凪沙は思わず笑ってしまう。

「どうかしました？」

「だって、今、お母さんって」

「あら、やだ……ごめんなさい」

バレエ教室の扉を閉めた途端、凪沙はさっきの実花の言葉を思い出して、吹き出した。

生徒の保護者に対して、お母さんと呼びかけるのが単に癖になっているのだろう。

しかし、初めてそう呼ばれた凪沙は、なんとなしにくすぐったいような気持ちになっていた。

お母さん、かと思う。

考えてもしょうがないこと、

永遠になれないもの、

それでも願ってしまうこと。

やっぱり、子供がほしかった。女になるだけじゃ足りない。本当はずっとお母さんになりたかった。

今こそ、瑞貴と本音で話したかった。しかし、店を辞めていった瑞貴はもう連絡先もわからなくなっていた。

「どうバレエは？」

台所で料理を作りながら、一果に尋ねる。

一果は新しい寝床を整理していた。台所に布団を敷くのを卒業して、晴れて押入れの中へ引っ越したのだ。一果のスペースとなった押入れは、凪沙の本棚にあった漫画などがもちこまれ、快適な秘密基地のような様相を呈していた。

「聞いてる？」

「うん」

布団に寝そべり、漫画を読みながら、一果は明らかな生返事を返してくる。

昔、母に読むことを禁じられた少女漫画を、大人になってからいくつか買い集めたのだが、中でも、バレエを題材にした漫画を一果は気に入ったようだった。

一果が実花先生のもとでバレエを習い始めて半年が経とうとしていた。最初は三か月と言われた一果との生活も思った以上に長くなり、まだしばらくは続きそうな雰囲気だ。

最近では、凪沙との関係も大分変わってきていた。

一番の変化は、一果が凪沙の前で少しリラックスした姿を見せるようになったことだ。ちょっと舐《な》められかけている気もしなくはないが、敵意や灰色の壁のような無関心を見せられるよりはずっとよかった。

「うんじゃわからないでしょう」

「楽しい」

うん以外の言葉が返ってくるようになったのも、かなりの進歩だ。

凪沙は味を確認する。

最近は、お金のこともあり、外で飲むようなことはほとんどせず、自炊を心がけていた。その結果、一果と接する機会も自然と多くなった。

「お腹すいたでしょう」

「うん」

凪沙は生姜焼きがたっぷり盛られた二つの皿を並べる。それにごはんと味噌汁とサラダをつければ、どこに出しても恥ずかしくない立派な夕食だ。

「さ、食べよ、食べよ」

二人は向かい合って座る。

「いただきまーす」

凪沙は手を合わせ、何も言わずに箸を取った一果に「いただきますは？」と促した。

「……いただきます」

一果もしぶしぶながら手を合わせる。やっと最近うながせば、やってくれるようになってきた。以前は、感謝の気持ちがない、ただ失礼な子供だと思っていたが、一果はこれまでの人生の中で、誰かと一緒にご飯を食べた経験がほとんどないのではないかと気づいた。いただきますと声をかける必要を感じないまま、育ってきたのだ。

「どう、おいしい？」

「うん。これ、なに？」

「ハニージンジャーソテー」

凪沙は胸を張って言った。自らアレンジを加えた特別なレシピだ。

「……ハチミツの生姜焼きか」

「ハニージンジャーソテーだって言ってんでしょ」

凪沙は笑いながら、自分の皿のサラダを、一果の皿にどさどさと追加する。

「ほら野菜も食べな」

「嫌い」

「野菜も食べないとダメだって」

渋々口に入れた一果が、顔をしかめる。

こうした何でもないやり取りが、最近やけに楽しみだった。気づけば、自分と同じように、一果の広島弁も消えていた。りんとの友情が影響しているのかもしれない。

「あとで洗濯物も出しといて」

「うん」

食事を終えると、二人は近所の公園に向かった。そこは一果がいつも練習をしている場所だった。凪沙は、近くのベンチに座ってじっと一果を見つめている。

最初は邪魔になってはいけないと、一果に気づかれないように見学したりしていたが、ギャラリーがいたところで一果の集中力は変わらないことがわかり、堂々と一緒に公園に行くようになった。

目の前では一果が、鉄棒につかまり練習している。

「よくそんなに足上がるね」

凪沙の問いに一果は答えない。集中すると何も聞こえなくなるのだ。

「何の踊りなのそれ？」

一果が水を飲んだタイミングで、尋ねる。

「ねえ、私も店で踊ってみようかな。教えてよ」

「……え」

「いいじゃない。教えて」

強引に頼み込むと、一果は「えー」と言いながらも、自分の横のスペースを少し空けてくれた。凪沙はそそくさと一果の隣りに並ぶ。

「じゃあ……プリエ」

腰を落として、膝を曲げ、ひし形の隙間を作る。凪沙は一果を真似ながら、「はい、プリン」とわざと言った。

あまりのくだらなさが逆にツボに入ったのか、一果が声を上げて笑う。それは未だにかなり珍しいことで、凪沙はうれしくなってしまう。

「プリエっ」

「はいはい、プリエね」

それから、一果の基本レッスンは三十分にも及んだ。一果の教え方は丁寧だった。

普段使わない筋肉を酷使した身体はぎしぎしと悲鳴を上げ始めていたけれど、凪沙はまだこの夜を終わりにしたくなかった。

「じゃあ、次は踊りを教えて。『白鳥の湖』がいいわ」

「え、もう帰ろうよ」

「いつも『四羽の白鳥』ばっかりなんだから。あれ、小さい白鳥でしょ。大きい優雅なほうも踊ってみたいの」

優雅なほうというのは、オデットのヴァリエーションのことだった。

「しょうがないなぁ」

一果が踊りはじめる。凪沙はひたすら真似をするだけだったが、それでも毎日ショーで踊っていることもあってか、段々と様になってきた。さらに踊り続けていると、まるでペアのように動きもそろうようになってきた。呼吸があうのを感じる。

その瞬間、一果との一体感のようなものを強く感じた。

ひとしきり踊り続けた二人が阿吽の呼吸で足を止めると、どこからともなく拍手が聞こえてきた。

いつから見ていたのか、ほろ酔いの老人が近づいてくる。

老人の身なりはかなりよく見えたが、それでも、凪沙は一果を自分の近くに引き寄せる。何といってもここは新宿なのだ。

「オデットですか……」

老人はかなりバレエに精通しているようだ。

「踊りがとても上手だねぇ、お姫様方」

老人の言葉に、二人は思わず顔を見合わせて笑う。

「でも、朝が来れば白鳥に戻ってしまう。なんとも悲しい」

老人は執事のように、胸に手を当て、優雅にお辞儀をすると、ふらふらと去って行った。

そう。

「白鳥の湖」は悲劇である。

凪沙の耳に、老人の言葉は暗示的に響いた。

すぐではないかもしれない、でも、白鳥に戻らなくてはならない時はきっと訪れる。

「ねえ、ほかの教えて」

凪沙はしつこくねだる。しかしさすがに、「もうやだ」と振られてしまった。

一果が足早に公園を出るのを、「待ってよもう」と追いかける。追いついた凪沙が一果と並ぶと、一果が手をつないできた。あたたかな小さな手。この感触を自分はわすれることはないだろうと凪沙は思う。

その夜は寝付けなかった。一果と手をつないだ瞬間にどっと押し寄せてきた幸福感のことが思い出されてならなかった。お金のこと、バレエのこと、一果がいつか帰ってしまうこと、就職活動のこと、性別適合手術のこと、様々なことを考えた。考えてもどうしようもないことばかりだったけれど、一つだけわかったことがあった。

今一番大切なものは、一果だということだった。

一果のバレエの可能性を開いてやりたかった。

# 6

瑞貴の変わり果てた姿に凪沙は内心驚いた。

正確に言うと姿ではない。目の奥が変わってしまったのだ。以前の瑞貴が持っていた明るさのようなもの、知性のようなものが完全に失われていた。何もうつしていないようなガラス玉のような目。

瑞貴は洋子ママが思ったように、風俗に堕ちていた。凪沙は知り合いのつてを辿《たど》って、なんとか瑞貴を探し出した。そして、自分にも店を紹介してほしいと頼んだのだった。

「ママの話は本当だよ。人生は一度滑りだすと止まらない。いいの?」

瑞貴は光のない目で、凪沙をじっと見つめながら言った。凪沙は躊躇《ためら》った末に頷いた。さんざん悩んで、これしか方法はないと覚悟を決めてきたはずなのに、それでも躊躇わずにはいられなかった。

瑞貴が紹介してくれた店は池袋にあった。

新宿という街にすっかりなじんでしまった凪沙にとっては、池袋は軽く足を踏み入れただけで、違和感があった。同じ繁華街でも、匂いや空気からして違う。うまく息ができない感覚があった。

店は町外れの雑居ビルにあった。古いビルの中には様々な怪しげな店や会社が入っている。その風俗店はバラバラに十部屋ほどを使って営業されていた。

「おはようー」

控室で瑞貴とともに、面接を待っていると、続々とニューハーフの風俗嬢たちが出勤してきた。

そのほとんどが、自分よりもずっと若い子たちだ。こういった店が最近、急激に増えており、地方で生きて行けず、何よりお金を必要としている若いトランスジェンダーたちを飲み込んでいた。

一方でこの店にいる年齢が比較的高いニューハーフたちは、中年期をむかえ、ショークラブなどで働けなくなった者たちであった。

雇ってもらえる店もなく、彼女たちはこういったニューハーフ風俗で働くか、街で体を売るか、工場などで働くしかなかった。

そんなニューハーフを取り巻く現状を、凪沙自身この店に来て、瑞貴に説明されるまではっきりとは知らずにいた。

「もう、地獄よね」

瑞貴が力なく微笑む。

「もう一度、聞くけど。本当にいいの？」

「うん……だって、どうしようもないし」

昼の仕事も一向に決まる気配がない。凪沙は追い込まれていた。

「私ね、あの子の可能性を……つぶしたくない」

大きな覚悟をもってやってきたというわけではない。ここで働く多くの者たちと同じように、どうしていいかわからず、ここに流れ着いたのだ。

「私たちの行く場所なんて、どこにもないのよ」

瑞貴が呟くように言った。

スイートピーではあんなに明るく、いつか政治家になるんじゃないかとみんなでからかっていた瑞貴の面影はほとんどない。こんなに瑞貴を変えてしまった場所が怖かった。しかし、それでも、凪沙には他に行く場所などないのだった。

放課後、一果はひとりでとぼとぼと歩いていた。足底腱膜の断裂と診断され、当然のことながら、りんはバレエ教室を辞めてしまった。しかし、少なくとも学校では会えると思っていたのだが、りんはあまり学校にも来なくなった。

りんとしかつるんでいなかった一果は、りんがいないとたちまち独りぼっちだ。しかし、りん以外に一緒にいたい人などいなかった。

繁華街を抜けたところにあるコンビニの前で、一果の足が止まる。コンビニの駐車場にりんがいたのだった。

りんのまわりには、一果が見たことのない若者たちがいた。一果よりもずいぶん年上に見える。目の前に停まっている車からはダンスミュージックが鳴り響いていた。

ひとりの男がじっとりんを見つめる一果に気づいた。

「なあなあ、あの子ずっとこっち見てんだけど誰か知り合い？」

男の言葉に一斉に視線が、一果に向く。りんとようやく目が合った。

「りんと同じ学校じゃね？」

「知らない子だよ。行こっ」

りんはさっと一果から目を逸らし、さっさと車に乗り込んだ。男たちもすぐさま車に乗り込み、車はあっという間に一果の前から消え去ってしまった。一果はずっとりんに視線を据えていたが、りんは一度目が合った後は、二度と一果を見ようとはしなかった。

りんのことばかりが気になって、その後のレッスンにはまるで身が入らなかった。

「右足後ろの五番から、グリッサードアッサンブレ、アントルシャ・カトル二回、反対同じ、三セット目はアントルシャ・カトル、ロワイヤル、アントルシャ・トロワ、パ・ド・ブレ、シャッセアッサンブレ」

実花の指示が飛ぶが、一果の耳にはまるで入らない。何より指示に食らいついていこうという気力がわかなかった。

「はい、じゃあこの音で、四人ずつ。すぐにポジションにつく第一グループ」

実花の指示で、生徒たちはグループに分かれ、合わせて踊り始めるが、一果はどうしても集中できずにいた。

「もっとプリエ床押して。二の足遅い！　下の足でキャッチ！　五番、足」

振付の順番を全く覚えておらず、テンポに遅れた一果が左右反対に動いてしまい、同じグループの生徒と激しくぶつかってしまう。

「ごめん」と謝られ、一果が自分が悪いんだと首をふった。しっかりと集中しなければ、誰かをケガさせてしまうかもしれないし、自分だってケガをしてしまうかもしれない。自分に何度そう言い聞かせても、自分から頑なに目を逸らすりんの姿が脳裏から離れなかった。

「はいそこまで。水飲んで」

生徒たちが一斉に水分を補給する。

「二人、大丈夫？」

一果はぶつかってしまった生徒とともに実花に声を掛けられ、頷く。

実花はほっと表情を緩めたが、またすぐ厳しい顔になって、スタジオの隅へと一果を呼びつけた。

「どうしたの一果？　ぜんぜんダメだよ。もうコンクール近いんだよ、わかってるの？　凪沙さんの気持ちを無駄にするよ、そんなんじゃ」

一果は黙って汗を拭く。ぜんぜんダメなことはわかっていた。このままでは凪沙をがっかりさせてしまうだろうということも。

「どうしたの？　何かあるの？　バレエは甘くないよ。精神的な負担があるなら話してごらん」

「……りん、もう来ないんですか？」

「そう……残念ながらね」

りんの名前に、実花の表情は苦く歪む。りんがバレエを辞めた後、派手な仲間たちと遊びまわっていることは生徒たちの間でも噂になっていた。

「今は、自分のことだけに集中しなさい」

一果は小さく頷いたが、その間にも、りんの顔はずっと一果の脳裏にあった。

凪沙に与えられたのは、いかにも風俗といった簡素な部屋だった。

四畳半ほどのスペースには、ベッドと小さな棚しかない。棚にはプレイで使うローションやコンドームが備えられていた。

ガウンを着た凪沙はひどく緊張していた。ずっと足の震えが止まらない。

覚悟は出来ている。いや、しないといけないのだ。そう自分に暗示をかけても、体は極度のストレスを訴え続けていた。

やがてドアが開き、ボーイに案内され、男が入ってきた。

「一時間コースですね。オプションご利用の際はそこの電話で九番をお願いします」

客は三十代のどこにでもいる普通の青年といった雰囲気だった。中年男性が入ってくると思い込んでいた凪沙は、予想とは違うタイプに少し驚く。勝手にニューハーフショーの客層と似ているのだとばかり思いこんでいた。

同じくガウンを着た男は、狭い部屋の中をぐるりと見て回ると、凪沙の横に座った。

「いらっしゃい……ませ」

凪沙はもつれる舌で、なんとか告げる。

「あの、新人だって聞いたんですけど」

「……はい」

「うわぁ、すげぇラッキー」

男はこういった店に通い慣れているようだった。

「出身どこなんですか?」

「広島です……」

「見たとこそんなに若くないですね。大変じゃないですか、今からフーゾクとか?」

「……はい。緊張してます」

「やっぱあれですか、手術費用?」

働くニューハーフを見ると、なぜ誰もが手術費を稼ぐためだと考えるのだろうか?

「お客さんは、何をされているんですか?」

スイートピーでの接客を思い出し、凪沙は自分から質問してみた。その場の流れをほんの少しとはいえコントロールできたことに、わずかに気持ちが楽になる。

「あ、僕ですか。配管工ですよ。家の修繕とか、そういうやつ」

「あ、そうなんですね……大変ですね」

「まあ、慣れですね慣れ」

そう言いながら男は手早くガウンを脱いで、凪沙に体を密着させてきた。

「いやー、でも本当にラッキーだわ」

男は強引にキスを奪おうとする。

凪沙は思わず、サッと顔をそむけた。

足の震えがひどくなってくる。もう限界だった。

男はおびえる様子の凪沙にさらに興奮したのか、下半身に無遠慮な手を伸ばす。

「ついてんですよね？」

「え……」

「とってないんですよね？　下？」

「いや……その……」

それは入店の時に確認された。手術を受けた後だと、商品としての価値はほとんどないのだという。

「うわぁ、すごい興奮してきた。たまんないわっ」

男が覆いかぶさってきた。

「あの……ごめんなさい」

「え？　なに？」

「私やっぱり出来ません」

「いいわ、そういうのも、たまんないっ」

「ごめんなさい！」

男の身体を足で蹴るように押しのけて、凪沙は転げるように、部屋から飛び出した。

「ちょっと！」

男が廊下まで追いかけてくる。男のごくごく普通の容姿が、今となっては怖くてたまらなかった。すぐに追いついた全裸の男は、凪沙の腕をつかみ、部屋へと引きずり戻そうとする。

「ごめんなさい、勘弁してください」

「なんか俺が悪いことしたみたいになるじゃんか！　金払ってんだぞ！」

何度も許しを請いながら、逃げ出そうと試みるが、興奮した男は凪沙を羽交い締めにする。

騒ぎを聞きつけたボーイが、止めに入るが、客に突き飛ばされてしまった。

「お客さん、警察呼びますよ！」

「うるせぇ。なんでお前みたいなやつにまでバカにされないといけないんだよ！」

もう、男の顔はとっくに普通ではなかった。「ごめんなさいごめんなさい」と凪沙はうずくまりながら、錯乱状態で繰り返す。

「改造人間だろ、お前なんか！」

男が顔を歪めて、唾を飛び散らしながら叫ぶ。

次の瞬間、頭蓋骨と金属がぶつかるにぶい音が響き、男がゆっくりと倒れた。

「……瑞貴？」

男の背後には、金属製のモップを手にした瑞貴が立っていた。瑞貴の顔を目にした途端、凪沙の目からどっと涙があふれた。

「……バカにするんじゃないよ」

瑞貴は吠えた。色のなかった目は、色のないまま、ぎらぎらと光っている。

瑞貴のこんな顔は見たことがなかった。優しくて、知性的で、可愛い女の子なのだ。

男は後頭部から血を流して倒れていた。

凪沙はようやく、瑞貴が男の後頭部にモップを振り下ろしたことに気づく。

「瑞貴！」

再び殴りかかろうとした瑞貴を、凪沙は必死に抱き留める。

「わかったから！　瑞貴！　わかったから！」

「あんたは何なのよ！　そんなにえらいのか！　人間なのよ……普通の人間なのよ！　なんでうちらだけこんなひどい目に合わないといけないのよ！」

騒ぎを聞きつけて、あちこちの部屋から野次馬たちが顔を出し、廊下から店の様子をうかがっている。別の部屋で働いていた店の女の子やスタッフの姿もあった。

しかし誰も助けてくれようとはしない。

瑞貴の叫びは、きっとどこにも届かないのだろう。サイレンの音が近づいて来る。

凪沙は震える手で、瑞貴を強く抱きしめることしかできなかった。

店からの通報で、救急車と三台のパトカーがかけつけ、雑居ビルの前は物々しい様相を呈していた。たくさんの野次馬がその周囲を取り囲んでいる。

ビルから血を流した男を乗せた担架が運び出された。男は帰りたい帰りたいと懇願していたが、結局、病院に搬送されることとなった。どうやら妻子がおり、ここにいたことを公にされたくないようだった。

廊下では、警官二人が瑞貴を囲み、運転免許証を確認していた。

「えっと、野上剣太郎さんですね」

「違います、野上瑞貴です。剣太郎なんて人……知りません」

警官たちは、困ったように顔を見合わせた。

警官が瑞貴に同行を求める。凪沙はたまらず駆け寄った。

「あの、おまわりさん、違うんです、瑞貴悪くないんです。あの私が悪いんです……話聞いて」

凪沙の必死の訴えは、あっさりと別の警官に遮られる。

「あ、ごめんなさいね。警察署でご本人からお話伺いますので」

瑞貴は警官に腕を引かれると、抵抗することなく、素直に歩き出した。

「剣太郎なんて人……知りません」

そうぶつぶつと呟く瑞貴の目は空白で、この世界に存在していないかのようであった。

私のせいだ。

連れて行かれる瑞貴の背中を見つめながら、凪沙は思う。体の震えは一向に収まらなかった。

台所から聞こえる包丁の音で、一果は目を覚ました。

小さい頃にこんな音を聞いた覚えはない。それでも、どこかくすぐったくなるような、優しい音だと感じた。

その音を子守唄代わりに、一果は再び、うとうとと眠りに落ちていく。

「一果、起きな。学校の時間だよ」

数分、いや数十分が経ったのだろうか、凪沙の声が聞こえた。一果は答えず、眠り続ける。

「いいかげんにしなさい」

「もう五分だけ」

「ダメ。起きなさい。遅刻するわよ」

一果は覚悟を決めて起き上がる。

「……わかったよ」

テーブルには朝食がもう並んでいる。味噌汁のお椀をテーブルに並べる凪沙の姿を見て、一果は思わず凍り付いた。

凪沙の長い髪がばっさりと短く切られていた。ショートというレベルではない、スポーツ刈りのように短くなっている。顔には一切化粧もなく、さらには、作業服姿だった。

そう、目の前にいるのは初めて東京に来たとき、親戚に持たされた写真の中の凪沙だった。

「おはよ。ほら朝ごはん食べて。私はもう出ちゃうけど」

よく見ればテーブルに載っているのは一果の分だけだ。凪沙は何も説明しようとしないままに、立ち上がった。たまらず、一果が尋ねる。

「……どうしたの？」

「あぁこれ？　就職したの」

「……え？　なにそれ」

「うん、いい会社よ。給料もいいしね」

「……なんで？」

「何よ。普段はしゃべらないくせに今日は口数多いわね」

凪沙が微笑む。

一果はその笑顔を、恐怖にも似た表情で見つめる。目の前にいるのは凪沙なのか？

一果にはまるで別人のように感じられた。

「何でそんなことするの？」

「なんでって、子供と違って大人は働くものでしょう。あんたもこれでバレエに集中できるし」

やっぱり、と思った。うすうす凪沙の変化は自分と関係あるのだろうと感じていた。しばらく凪沙を見つめていた一果だったが、用意された朝食に手も付けず、凪沙に背を向けて、寝そべって漫画を読み始める。

「ちょっと。なにその態度？　誰のために仕事すると思ってんの？」

「頼んでない」

「はぁ？　あんた、ふざけないでよ」

外見は男のように変えても、話し方は凪沙のままだった。背中越しに、凪沙の声をきいて、凪沙の長い髪を思い出し、一果は泣きそうになる。

「頼んでない」

凪沙は一果の手から漫画を奪い取り、破いて投げ捨てる。

すると、今度は一果が立ち上がり、テーブルの上にあった朝食を片っぱしからひっくり返し始めた。

「頼んでない」

じりじりと後じさり、壁に背を預けた一果は、頑固そうな憎たらしい顔で繰り返す。

人の気も知らないで。

写真でさえももう二度と見たくないと思っていた男の姿になるという決断が、どれほどのものだったか。どんなに苦しいものだったか。

一果は壁を背にしたまま、凪沙を睨みつけている。中学生にしてはかなりの高身長だというのに、小さく小さく見えた。

頑固そうな、憎たらしい顔をじっと見つめているうちに、凪沙の中で今まで感じたことのない感情が生まれていた。

「一果……」

そっと呼びかける。

一果は怯えているだけだ。

「こっちおいで」

一果はふるふると首を振る。

「おいで」

このときすでに凪沙の気持ちは凪いでいた。

「おいで」

三たび、凪沙が言う。

一果はとぼとぼと時間をかけて、凪沙のもとにたどり着き、凪沙の胸に顔を埋めた。

なぜ、私のために？

なぜ、こんな私のために？

母親にまで見捨てられた娘なのに……。

混乱し、おびえる一果の気持ちが伝わってきた。

凪沙は一果の頭をそっと撫でる。まるで幼女の頭を撫でるように、何度も何度も。

その感触に、一果の遠い昔の記憶が蘇る。

母の早織がこうして毎日撫でてくれていた。かわいくてかわいくて仕方がないというように。

「よしよし」

凪沙が優しく言う。

「よしよし。大丈夫だよ」

自分がついていればこの子は大丈夫だと凪沙は思う。

自分こそが一果のすべてを受け入れてあげられる唯一の人間だと。

# 7

凪沙が就職した会社は東リンという物流会社で、新宿から電車で三十分ほど行った場所にあった。

あんなに昼間の仕事が決まらなかったというのに、男性の姿に戻って面接を受けたら、あっさり採用が決まった。給料がいいのが応募のきっかけだったが、いざ出勤すると高給の意味が理解できた。

そこはまさに体力勝負の職場だった。

凪沙は男性として働いていた頃も、力があるほうではなかったので初日から苦労の連続だった。

他の社員が軽々持ち上げるダンボールも、よろめきながら運んだ。ついていけるか不安だったが、純也という二十代の年下の先輩が、いつも力になってくれた。

「力ねーなぁ」

そう言いながら、さりげなく助けてくれる。ノンケ（あるいはストレート）の男性とこんなにも頻繁に話すのは久しぶりだった。そもそも長い時間新宿を出るのが数年ぶりなのだ。変に緊張した。

ある日、純也にペンを手渡され、ヘルメットに名前を書くようにと言われた。それは初日から言われていたことで、書かなければいけないことは、凪沙もわかっていた。しかし、どうしても書く気になれず、聞いていなかったふりで、数日を過ごしていたのだ。

純也に直接ペンを渡されては、書くしかない。

ヘルメットの名前の部分に《武田》と書き、一瞬その手が止まる。

何年もの間、自分を苦しめてきた名前。

《健二》と続けて書いた瞬間、凪沙の目から涙が溢れた。

「おいおい、何泣いてんだよ」

純也が慌てている。

「え、俺なんか悪いこと言った？」

「いや、そうじゃないんです。ちょっと悲しいこと思い出して」

「えー、すげーびっくりしたわー」

ほっとしたような純也の笑顔を見ているうちに、凪沙の顔にも笑顔が戻る。

いつの間にか、目の前にいる男性に、好意を持っている自分に気付いた。

「ただいま」

最近は新宿の駅まで一果が迎えに来ることが多かった。

新宿まで戻ると、凪沙はロッカーに入れてある女ものの服に着替え、カツラをつける。

「お帰り。どうだった仕事？」

「うん、楽しいよ」

楽しいというのは嘘ではなかった。純也と一緒に働くのは単純に楽しい。なんとなく、純也は、初恋の相手に似ていた。顔が似ているというわけではない。気遣いや優しい笑顔がどことなく似ていた。初恋の相手と出会ったのは、今の一果と同じ、中学生のときだった。

「ねえ一果」

「何？」

「あんた好きな人とかいないの？」

「何いきなり」

「だってそういう年頃でしょう」

「……別に。いないよ」

「なんだつまんない」

「凪沙は？」

凪沙は初恋の相手のことを話した。

クラスでは目立たないほうの生徒だったが、優しくて、いつも笑顔が絶えない男子だった。当時の凪沙は、男性を好きになるという自分を未だに理解できずにいて、そのことに苦しんでいた。

しかし、多くの十代の恋愛がそうであるように、凪沙もまた切ない気持ちに押しつぶされそうになり、衝動的に告白してしまった。

「本当に？」

横で一果が目をまん丸くして言う。

「本当にって何よ、失礼ね。したわよ、放課後の体育館の倉庫で」

今も忘れない。

西陽が差し込む小さな倉庫で、二人は向き合っていた。

「何じゃ？」

呼び出されたその生徒は言った。

「俺……」

凪沙は、一歩前に出た。

「お前のことが好きなんじゃ」

しばらく返事はなかった。

無言の間がつづき、凪沙はこの世がなくなればいいのに、と願った。

しかし、突然、その男子生徒は凪沙の腕をぎゅっとつかみ、唇にキスをしたのだった。

そして凪沙はそのまま、仰向けに倒れてしまった。

「え、何それ?」

一果が首をひねる。

二人はちょうど歌舞伎町あたりを歩いていた。

「何だろうね? 気づいたら、ひとりで倉庫に横たわってた」

「で?」

「その後は何もなかったかのように学校生活はつづき、彼は何ごともなかったかのように卒業したの」

「何それ」

「てか、あんた何それしか言えないの? バレエやってるくせにボキャブラリーなさすぎるわ」

「バレエ関係ないし」

せっかく自分の思い出の中でもとっておきの、特別なエピソードを披露してやったというのに、反応はそれだけ？　凪沙はむすっとした表情で、スタスタと歩き出す。しかし、一果は苦も無くついてきて、「ねえ、その後とかは？　大人になってからとか」と恋愛話の続きを促した。

恋というものに興味がなくはないらしい。

いつか、一果も恋をして、愛を知り、誰かの恋人になり、結婚して、母になるのだろう。

凪沙はふとそんなことを考えた。

そのとき、自分はいったいどうしているのだろうか？

願わくば、どんな立場であっても、そんな一果の姿を見届けることができますように。すっかりなじんでしまった、一果の無表情な顔を見詰めながら、凪沙は願った。

働き始めてしばらく経った頃、職場のメンバーたちと飲み会が開かれた。歓迎会を兼ねた、気軽な飲み会だった。参加者は純也をはじめ、全員が無遠慮だが酒好きの陽気な人たちで、凪沙は皆に好感を抱いていた。

「武田さん。少しは慣れました？」

酒に顔を赤らめた純也が、どかっと凪沙の横に座る。

「はい。おかげさまで」

「かてー。武田さん、話し方かたいわー」

「すいません。前は営業だったから」

「営業とかすげーよな。俺出来ねーわ」

「なんでです？　先輩、出来そうですけど」

「無理無理、人と接するの苦手だから」

さりげなく、何度も凪沙をサポートしてくれた人の言葉とも思えなかった。しかし、純也の言葉は謙遜でもなんでもなく、本人は本気でそう思っているようだった。

「ところでさ、武田さんは結婚とかしてるの？」

「いえ」

「女はいるの？」

「いませんね。先輩は？」

「え、俺は募集中っすよ」

するとべろべろに酔った上司が会話に割って入ってきた。

「まあ、純也は両刀だからな。いいよなー、範囲広くて」

自分で自分の言葉に大笑いしている。凪沙は思わずそっと純也の顔をうかがうが、彼は穏やかに笑っていた。

「違いますよー。やめてくださいよもう」

「だってお前、行ったって言ってたじゃん、ニューハーフの風俗」

「え、一回だけっすよ」

全員がどっと笑ったので、凪沙も愛想笑いをする。

「お前、ほられて来たんだろうが」

上司の言葉に、その場は爆笑の渦となった。凪沙が引きつった笑いを浮かべているうちに、なんとかこの話題は終わったようで、上司は違う男に絡み出した。

「まいったな……」

純也はおしぼりで額の汗を押さえる。困った様子の純也に視線を向けると、彼は言い訳がましく、「違うんですよ」と言った。

「行ったは行ったけど、俺別にそっちじゃないし」

「どうでした？」

思わず凪沙が尋ねる。

「どうって。まあ見た目は女すからね。なんか変な感じだったかな。武田さんも行ってみればいいじゃないですか。あっちこっちにありますよ、今」

「……うん、いつか」

そう適当に応えながら、瑞貴のことを思い出していた。

あの騒ぎは結局立件されなかったが、瑞貴の行方はまたわからなくなってしまった。

助けてくれたお礼も、巻き込んでしまったお詫びも、まだちゃんと言えていない。

どうしているのだろう。

ニューハーフの風俗の話題で爆笑する人々の顔。合わせるためとはいえ、愛想笑いをしたことを思いだし、胸の奥がちくりと痛んだ。


一果の顔つきが変わってきた。

実花は、自主練習する一果を見守りながら、そう思った。

一果が実花の教室に通うようになってずいぶんと時間が過ぎた。短期の転校だと凪沙に聞かされ、いつか手を離れる存在なのだと自分に言い聞かせるようにしていた。

しかし、最近ではこのまま いてくれるのではないか、とそんな淡い期待さえ浮かんでいる。

これほどの集中力をこの少女はどこで身につけたのだろうか?

最近の実花はそればかりを考えてしまう。

バレエはもちろんフィジカルな要素が強いが、やはり精神面の強さも重要となる。

一果が広島でどれほどの境遇にいたのか?

本人が話さないので推測することしかできなかったが、虐待を受けていたという話は聞いていた。

もともと、練習熱心だったが、ここ最近の一果は以前にも増して練習に没頭していた。

目の前では、実花が教えたオデットのヴァリエーションを一果が踊っている。

舞台の中央で一人で踊ることをヴァリエーションと言う。

バレエの見せ場でもあり、演目によって数多くのヴァリエーションが存在する。

「眠れる森の美女」のオーロラ姫のヴァリエーション、「ドン・キホーテ」のキューピットのヴァリエーション、「コッペリア」のスワニルダのヴァリエーションなど様々だ。

「白鳥の湖」の中だけでも、パドトロワ第一と第二、オディール、そしてオデットと、いくつも女性ヴァリエーションが存在する。

そして一果はコンクールに、オデットのヴァリエーションを選んだ。

「コンクール、本当にオデットで行くの？　三大バレエは審査員がとくに厳しく評価するから不利なのよ」

三大バレエとは、チャイコフスキーの三大傑作「白鳥の湖」「眠れる森の美女」「くるみ割り人形」を指す。この三つをコンクールで踊るバレリーナは多くなかった。高いレベルを求められ、さらには審査員が厳しい目で見る可能性もあるからだ。

「……これを踊りたいんです」

一果が実花の目をまっすぐに見て言う。

「……そう。わかった」

何度か変えるように説得はしたが、一果の気持ちは変わらなかった。本人がここまで強く希望するなら、やるしかない。審査員が納得するオデットを踊るしかないのだ。

一果はどうしても「白鳥」を踊りたかった。

凪沙にもらった羽飾りをつけて、舞台に立ちたかったのだ。

以前は無になるために踊っていたバレエも、今では人のために踊るようになっていた。

凪沙を喜ばせたい。

見ている人たちを喜ばせたい。

いつか大勢の観客の前で踊りたい。

そう考えると自ずと内面の炎が燃えあがるのを感じる。バレエに出会う前は、自分の中にそんなものがあるとも気づかなかった炎だ。

あえて難しい挑戦をするからには、とにかく人よりもたくさん練習するしかない。

一果はさらに自主練習に集中した。

そんな一果を見て、そろそろかもしれないと実花は感じた。

一果は十二歳だった。

ギリギリだ。

実花は焦っていた。

バレエの世界において、十二歳とはギリギリの年齢だった。

若いうちに日本を飛び出て海外留学しなければ世界のスタートラインには立てない。

国内でいくら頑張っても、実花のように教室の先生になるのが精一杯だ。一果にはプロとして世界の舞台に立って欲しい。かつての自分の夢を背負わせるつもりはなかったが、一果の才能は世界で花開くべきだと確信していた。

バレエダンサーを目指すには家庭の経済力が、かなり重要であることは否めない。

バレエは平等ではない。

一果にはりんの家庭のような経済力がないので、海外に飛び出すには奨学金の獲得が必須だった。その奨学金を得るにはなるべくたくさんのコンクールに出場して、実績を積み重ねるしかない。

その大事なコンクールの決勝演目に一果は「白鳥」を選ぼうとしている……。

コンクールの日が迫ってきた。凪沙と一果はコンクールのための衣装の試着をしていた。

コンクールで踊る演目は、予選「アルレキナーダ」、決勝「白鳥の湖」と決めていた。もちろん購入する余裕はないので、レンタルの衣装だった。ダンス衣装専門の衣装レンタルの店に行き、気になったものを片っ端から試着していく。衣装やメイクに関しては、一果よりも凪沙がうるさかった。ああだこうだと、やたらと時間がかかる。

「もういいよ。何でも」

面倒になって一果が言うと、「あんた、それじゃダメよ。ちゃんと可愛くしなきゃ」とすごい剣幕で怒り出すのだった。

ようやく衣装選びが終わった頃には、もうとっくに日は暮れてしまっていた。

「今日は外でごはん食べようか」

「うん」

「何がいい?」

「肉」

「あんた太るわよ」

凪沙が脅しても、一果は涼しい顔をしている。

一果には、体型をキープするという概念もなかった。何もしなくても天性のプロポーションに恵まれている上に、どれだけ食べても無駄な肉にはならなかった。

凪沙は一果のリクエストに応え、安い焼肉屋に向かった。以前によく瑞貴と行った店だった。新宿にはいたるところに瑞貴との思い出があった。

「じゃあ今日はたらふく食べよう。給料入ったし」

上機嫌で、店に足を踏み入れた途端、凪沙の顔がひきつった。

凪沙が働いている東リンの従業員たちがレジの列に並んでいたのだ。男たちの中には純也の姿もあった。

「ごちになりますっ」

お金を出したらしい上司に、純也たちが頭を下げている。

このままでは店を出ようとする彼らと鉢合わせしてしまうというのに、金縛りにあったように動けなかった。

「どうしたの？」

一果が聞くが、答えられない。

次の瞬間、不意に純也が入口に顔を向けた。

「すげーお腹いっぱ……」

凪沙と純也の目が合った。目の前にいる女が誰なのか、純也にはすぐわかったようだった。二人はしばらく見つめあった。

焼肉屋の騒がしい声が、まるで無声映画のように聞こえなくなった。さらには、時の止まった世界で、自分と純也だけが動いているかのような錯覚に陥る。

しかし、錯覚は所詮、錯覚だった。

「ありがとうございました」

店員の声と同時に上司たちが出入口に向かってきた。もう逃げられないと観念した次の瞬間、純也が凪沙の前に立ちふさがった。

「あ、先輩！　次どこにしますか？」

「えーまだ飲むの？　もういいだろ」

「いやいや、これからじゃないっすかー。給料出たばっかでしょ」

「使いすぎると嫁に怒られるじゃねーかよ」

上司の気をうまく逸らしながら、純也は壁となってくれた。

おかげで上司たちは、凪沙に気づくことなく、無駄口を叩きながら、店を後にしたのだった。

「どうしたの？」

一果の声でハッと我に返った。

席に案内され、焼肉を食べながらも考えるのは純也のことだった。

かばってくれた純也が、凪沙のことを言いふらしたりするはずはない。そんな人ではない。噂が広がる心配はしていなかったが、純也がどう思ったかは気になった。なにより、次の日にどんな顔で会えばいいのか。それがわからないでいた。

結局、次の日になっても、どんな顔で会えばいいのか、決めかねていた。

しかし、拍子抜けするぐらい、純也は何もなかったかのように接してきた。

「あの、昨日は……」

凪沙は昨日の格好について説明しようと口を開いたものの、途中で言葉を飲み込んだ。

もう、純也には必要ない気がしたのだ。

凪沙も、瑞貴も、洋子ママも、自分のような女はたくさん存在する。

トランスジェンダーと呼ばれたり、ニューハーフと呼ばれたり、侮蔑的にオカマと呼ばれたりするが、存在に嘘はない。

私たちは普通に存在しているだけだ。多くの普通の人々と同じように。

純也はそれをわかってくれているのかもしれない。その思いは、純也が口にした言葉をきいて確信に変わった。

「あそこの焼肉、うまくないすか？」

ごく普通の質問が涙がにじむほどに嬉しかった。笑顔の純也に凪沙も笑顔で応える。

「うん、おいしかったです」

凪沙たちとは違っても、純也のようにわかってくれる人もいる。このことを誰よりも瑞貴に話したかった。

# 8

焼肉をお腹いっぱい食べたせいか、今日のレッスンは体が重かった。

「一果、重いよ!」

そのままの言葉で実花にも怒られてしまった。今日は公園での自主練習をいつもの倍はやろうと心に決める。

コンクールはもう明日に迫っていた。それは一果にとってはいいことだが、他の生徒にとってもいいこととは限らない。コンクール前の数週間、実花の指導は日に日に厳しくなっていた。コンクールを目指している人ばかりではないのだ。バレエの衣装に憧れただけの子もいれば、友達と楽しく体を動かせればいいと思っている子もいる。そんな子たちにとっては、楽しかった教室が、ぴりぴりとした空間に変わってしまうというのは耐え難いことだっただろう。実際、ひとりの生徒が辞めてしまったが、おそらく原因は自分にあるのだろうと一果は思った。

自分がこの教室を辞めることで、もとののんびりした雰囲気に戻り、ほっとする人もいるかもしれない。でも、一果は辞める気は少しもなかった。どうでもよくないものを、自分はもう見つけてしまった。そして、それは、自分だけのものではない。凪沙のものでもあり、実花のものでもあった。

数日前、レッスンの後に実花はこっそりと食事に誘ってくれた。実花はアルバイトをしているイタリアンレストランに彼女を連れていくと、好きなものを食べていいとメニューを渡してくれた。

一果は悩んだ末にカルボナーラとピザを頼んだ。実花は食べきれないわよと言いながらも、残った分は自分が食べればいいと、両方頼んでくれた。しかし、レッスンでお腹がぺこぺこだった一果は、ほとんどを一人で平らげた。

「若いって……恐ろしいわね」

実花はほっそりとした一果のウエストのどこにそれだけのものが入ったのか、訝しがるようにじろじろと視線を向ける。そして、デザートのケーキまでたいらげた一果に、実花は改まった口調で切り出したのだった。

「ねえ、一果は将来、どうしたい？」

問われて、一果は初めてきちんと考えてみた。これまで学校などで、将来の夢を聞かれることはあったが、なしとだけ答えていた。まったく自分の将来など考えられなかったからだ。ただこの世から消えてなくなりたかった。ギエム先生の教室には熱心に通っていたけれど、バレエと将来を結びつけるようなことはなかった。あの頃は、バレエを踊っているときだけは、何も考えず無心になれた。消えたいとも思わなかった。もう本当に自分がなくなったみたいに、空っぽになれる。だから、ただただ踊り続けた。でも、今は違った。バレエが楽しい。楽しいから続けたい。

「踊りたいです」

ただそう答えた。

実花は、大人になってからもバレエを続けるには何をすべきかを教えてくれた。バレエ界がどんなに狭き門なのかということを改めて一果に突きつけ、そして、そんな厳しい世界の中で、お金を持たない者たちはどうすればいいのか、具体的な方法を教えてくれた。

「外国は？　興味あるの？」

「わかりません」

ギエム先生からスイスで踊っていた頃の写真を見せられ、どこにあるかもよくわからないその場所に少しだけ心が動いたことはあった。しかし、あれは、若い頃のギエム先生らしき人が、白鳥の衣装を着ていたことに憧れただけだったような気もする。

実花は簡単にバレエの歴史まで教えてくれた。バレエがフランスで生まれたことも、一果は知らずにいた。実花からスイスのローザンヌで開かれるコンクールは、特に権威があり、世界中から一流のダンサーを目指す者たちがこぞって参加しているということを聞いて、一果はスイスという国名の方に反応した。そんな国でバレエをやっていたギエム先生はやっぱりすごい先生だったのかもしれない。そう思った。

「外国で踊ってみたいでしょ？」

実花は重ねて聞いた。ついさっきは「わかりません」と答えたにもかかわらず、一果は「はい」と答えていた。

なんとなくで答えただけだ。それでも、そう答えた時に実花があまりにうれしそうだったので、一果はぼんやりとではあるが、海外で踊るということを考えてみるようになった。

広島にいたころ、母が泥酔して寝ているときに、スマートフォンでこっそりバレエの動画を見るようになった。本物のギエムの踊りに夢中になって一晩中見続けてしまい、データ量で母にバレそうになったこともあった。

食い入るように見たプロのダンサーたちの舞台が多くあるのは、やはり外国なのだろう。あのステージに自分が立つことができるのかもしれない。そう思うと、スイートピーのステージに立った時のような興奮が沸き起こってくるのを感じた。

前は東広島しか知らなかった。東京なんて、遠い外国のようだった。実際の外国はもう存在しないも同然だった。何もない田舎町から東京に出てきてよかったと思う。

東京に来ることができたように、本当に自分の目で世界を見ることだってできるのかもしれない。

「とても難しいけど、希望はあるよ」

実花が言う。

その言葉に、一果はここのところ自分の中でもやもやしていたものの正体を知った。

希望。

今までそんなことを考えたことはなかった。考えないようにしていた。願いはかなわないと、知っていたからだ。でも、今はそれが間違っていたのかもしれないと思っている。東京に来て、バレエをやりたいと願い、それはかなった。今ではやりたいことがたくさんある。

今の、そのずっと先まで、一果はまだ漠然とではあるが考えられるようになった。以前は転ばないように、一歩先だけを俯いて見ていた。でも、今は違う。顔を上げて、まっすぐ前を見ることができる。

外国の舞台で、白鳥を踊ってみたい。

プロとして、ヴァリエーションではなく、全幕を踊りたい。

一果は生まれて初めて希望を抱いた。それは、自分の人生がまるごと自分のものになったような特別な感覚を一果にもたらした。凪沙のためにも、実花のためにも、そして自分のためにも、コンクールで優勝したい。

そのためにできることは少しでも多く練習することだけだ。

まだ体は焼肉で重たかったけれど、早く自主練習を始めたくて、一果は部屋に向かって走り出す。

その日は、凪沙がスイートピーに出勤する日だった。一果はいつも凪沙がスイートピーでの仕事を終え、公園を通りかかるまで、練習を続ける。そして、並んで一緒に帰るのだ。その時間が、一果はわりと好きだった。

凪沙のマンションにつき、階段を上り始めると、上の方から音楽が聞こえてきた。かすかな音だ。しかし、一果の鋭い耳はその音を捉えていた。

りんの新しい友人たちが大音量でかけていたあの音楽だ。耳にしつこく残る電子的な重低音は間違いない。

そういえば、と一果は思い出す。あれは母の勤めていたキャバクラでも毎日のようにかかっていた音楽だった。クラシックを聴き慣れてきた今では、あの頃よりも耳障りに感じる。

らせん状になった階段をぐるりと上がり、もう少しで部屋のある階だというところで、一果はぎくりと足を止めた。数十段先の踊り場に、座っている人影が見えた。耳につけたイヤホンから信じられないほどの音量で音が漏れている。

人影は一果に気づき、イヤホンを取って、ゆっくりと立ち上がった。

「……迎えに来たんよ」

微笑みながらゆっくりと階段を下りてくるのは、母の早織だった。一果は思わずじりっと後ずさる。

忘れていた現実が一気に押し寄せていた。

一果には母がいる。

愛してくれない母。酔っては手を上げる母。それでもそれは一果の母だ。

そして、改めて確認するまでもなく、夢のような東京での生活は期間限定のものだった。いつかは終わる。

それが、現実。

しかし、現実だというのに、どうして、目の前の光景が悪夢のように見えるのだろう。母のことは嫌いではない。それは本当なのに、目の前の母が近づいてくるのが、ひどく恐ろしかった。

「ママな、変わったんよ」

染め直したのか、金髪というよりは、黄色に近い髪の色が、妙に浮いて見えた。

「変わったんよ」

一果の目の前で早織はもう一度そう言うと、一果の頬を触った。その手の甲には、以前はなかった小さなタトゥが彫られている。

ＨＯＰＥ、と。

コンクールの会場である八王子のホールは、どこもかしこも子供たちで溢れかえっていた。

実花に勧められて申しこんだ八王子バレエコンクールは、国内では中堅のコンクールだというが、参加者は三百人を超えており、中堅とは思えないほどの規模だった。実花のバレエ教室しか知らなかったので、こんなにもバレエをやっている子供は多いのかと、凪沙は驚いた。隣にいる一果は相変わらずの無表情だったが、それでも一緒に生活してきた凪沙には、彼女なりに驚いているのが感じられた。

小学校低学年から高校生まで年齢層も幅広い。そして子供たちにはそれぞれ母親が付き添っていることもあり、恐ろしい人数がホールに集まっていた。

こんな人ごみの中で、実花と合流できるだろうかと、不安にかられていると、実花の方から声をかけてくれた。凪沙の姿は人ごみの中でも目立つようだ。凪沙は思い切ってお気に入りの真っ赤なコートを羽織ってきてよかったと思った。

「すごいわね。この子たちみんなコンクールに出るのね」

圧倒されながら凪沙が言うと、実花は「もっと凄いことになってるコンクールもたくさんあるんですよ」と笑った。

「バレエ人口だけは世界有数なんですよ」

凪沙はあらためて一果が進もうとしている世界の厳しさを知り、今更ながらに不安をおぼえた。

一果の才能を信じて疑わなかったが、これだけたくさんのバレリーナたちを見てしまうと、ひょっとしたら、一果よりも上手な子なんていくらでもいるんじゃないかと思えてきてしまう。

実際、会場の隅で練習している子たちも大勢いたが、プロポーションも踊りも凪沙の目からはまるでプロのように見える子供たちばかりだ。

実花に促され、長い受付の列に並びながら、離れて待つ一果を見つめる。

一人で棒立ちになっている一果が、まるで迷子のようで、凪沙は早く戻ってやりたいという思いでいっぱいになった。

ひとり取り残された一果は、ぼうっと談笑する親子を眺めていたが、その目には何も映っていなかった。

頭の中は、忙しく、昨日のことを思い出していた。

昨夜、母は一果の腕を痛いほど掴んで、「荷物をまとめて。家に帰るんじゃ」と言い出した。そのまま広島まで連れ帰ろうという勢いだった。

長い間、一果がいない生活をおくったことで、自分は確かに変わったのだと早織は言った。お酒を断つために、キャバクラもやめ、今はパートの仕事についたのだという。娘のいない生活はもうこれ以上は耐えられないと一果を抱きながら、涙ながらに訴えた。

「でも凪沙が……」

「そんなんは後でええけ」

相変わらず早織は強引だった。昔だったら、その声をきいただけで、考えることをやめて従ってしまっただろう。

しかし、一果は強引な早織の手を払い、自分の意志でその場にとどまった。

不意打ちだったこともあって、恐ろしく感じた母の姿だったが、改めて見ると、もうそこまで威圧感も覚えない。気づけば、身長も母とそう変わらなくなっていた。

「明日はバレエのコンクールなの。死んでも行く」

「なんじゃその喋り方は？　気持ち悪い」

早織は一果が東京に染まってしまっているのが気に入らないようだった。ただ、殴ったりはしなかった。確かに、母は少し変わったようだと、一果は思う。

しかし、一果がどれだけ懸命にバレエのことを話しても、どれだけ大切なコンクールなのかを説明しても、母は聞く耳をもたなかった。

母にとって、バレエはただの遊びのようにしか思えないのだろう。一果にとって、人生になりかけているという重さが、早織にはまったく伝わらなかった。

もう明日のコンクールには出られないのかと絶望しかけたが、一果の頭にひとつのアイデアがひらめいた。

荷物をまとめるふりをして凪沙の部屋に戻り、中からカギをかけ、籠城したのだ。

早織は何度もノックをし、チャイムを鳴らし、一緒に帰ろうと呼びかけたが、一果はしばらく東京にいさせてほしいと繰り返した。

早織は随分長いことドアの前で粘っていたが、一果の意志の固さを感じたのだろう。また来ると言い残して帰って行った。

押入れの中で、膝を抱えて丸くなりながら、一果は不安を覚えていた。

明日、なんとかコンクールに出場できたとしても、このまま東京に残って、バレエを続けることはできるのだろうか。

広島なんかに帰りたくない。

新宿にいたい。凪沙の部屋にいたい。

何もかもがどうでもいいころは、こんな不安をおぼえることなんてなかった。どうでもよくないものを見つけてしまうと、こんなにも不安になるのかと思った。

あれから母はどうしているのだろう。今はどこにいるのだろう。また来ると言っていたけれど、いつ自分の前に現れるのだろう。

そんなことをつらつらと考えていると、受付を終えた凪沙に呼ばれた。いつの間にか、凪沙の横にはスイートピーの洋子ママ、アキナ、キャンディの姿があった。わざわざ、一果の応援に来てくれたのだという。

実花が他の参加者たちのようにロビーの一角に陣取り、一果のメイクの準備を始めると、ママたちは張り切って、メイク係に志願した。

「そんなんじゃ可愛くない。もっとアイライン強くしないと」

ただでさえ目立つ三人が、一果のメイクをめぐり、ああだこうだとかしましく言い争う。収拾がつかなくなり、ついには「私がやります！」と実花に怒られ、三人はメイクする権利をとりあげられてしまった。

くっきりとした舞台用のメイクを施した一果の顔は、自分の目から見ても、大人びて見える。

メイクを終えた一果は凪沙やママたちと一緒に予選を見に行った。

バレエコンクールは独特な会場作りとなっていて、客席の半分より前方部分の席はすべて空けられている。そこは五名ほどの審査員のためのスペースで、その前には誰も座ってはいけないのだ。

舞台上では一果よりも年下クラスの少女が踊っていた。まだバレエの知識はそう多くない一果には何の踊りかはわからなかったが、上手だった。こんな子が本当に星の数ほどいるのならば、実花が言うように世界で踊るのは大変なことなのだろう。実花に聞いた時には、ぼんやりとしか理解できなかったことが、現実を前にして痛いほどよくわかった。

横ではママがアキナにボソボソと耳打ちしている。

「なんかさ、なんかさ、みんな上手だね」

「うん、緊張するね」

「あんたが緊張してどうするのよぉ、もうっ」

ママがアキナを小突く。一果は「トイレ」と小声で凪沙に伝えると、速足でトイレに向かった。

もうすぐ自分の番だというのに、ちっとも集中できずにいた。早織のことが頭から離れなかった。それだけではない、初めて参加するコンクールというものに、一果は圧倒されていた。どこかで、自分には才能があるのかもしれないと思っていた。だから、実花先生もこんなに応援してくれるのだと。でも、世の中には才能がある人がこんなにいる。

トイレの個室にこもり、一果は腕をまくった。

バレエ教室に通うことを認められてから、自分の腕を嚙む行為はほとんどなくなっていたので、腕は綺麗だった。その腕の内側に一果は思い切り口をあけて嚙み付いた。一応、衣装でかくれる部分を嚙まなければいけないという意識だけは働いた。二の腕に歯型と口紅がべっとりとつく。せっかく綺麗に仕上げてもらった化粧をやり直さなければいけないかもしれない。

しかし、歯に力を入れることをやめられなかった。

早織が自分を迎えに来た。

東広島から来た。

それは現実で、凪沙は今もそれを知らない。昨日の夜から、何度も凪沙に打ち明けようとした。しかし、どうしてもできなかった。

どうしていいかわからないまま、一果は母のことを自分一人の胸に収めた。

「一果」

外から実花の声が聞こえ、一果は慌てて袖をおろして個室を出る。実花は微笑みながら、自分のスマートフォンを手渡した。戸惑いながらも、一果はそのスマートフォンを受け取り、耳に当てる。

スマートフォンからは、思いがけない人の声がした。

「一果？」

しばらく聞いていないのに、りんの声だとすぐにわかった。

「え？　りん？」

「うん。今日コンクールだね」

「うん」

「頑張ってね」

電話をくれたことが、一果は嬉しかった。わざわざ応援の言葉をかけてくれたこともちろんうれしかったけれど、何よりもう聞くことができないと思っていた声を聞けたことがうれしかった。

前に、凪沙に好きな人がいないのかと聞かれた時、最初に浮かんだのが、りんの顔だった。りんへの気持ちが何なのかわからない。しかし、今も声を聞いただけで、こみあげてくるものがあった。

「りんは？　何してるの？」

「お父さんの会社の人の結婚式。すごいつまらない。一果は？　調子はどう？」

「うん……昨日、お母さんが広島から来た」

「帰るの？」

「帰りたくない」

りんにだったら、何でも話せる。もっと話していたかった。

「コンクールに集中しなよ。じゃないと勝てないよ」

「でも……」

「でも、じゃないよ。あんたは私のぶんまで踊らないといけないんだから。頑張ってくれないとキレるし」

ちょっと偉そうな口調が懐かしくて、一果はくすっと笑う。

「うん。頑張る」

「そう。それでこそ一果。じゃあね」

「待って」

思わずそう言ったときには、電話は切れていた。

もっともっとりんと話をしたかった。勇気をもらいたかった。

一果は待ち構えていた実花にスマートフォンを返す。その手はぶるぶると震えていた。

「りん？　りん？」

返事はない。

りんは電話を切ると、まわりに広がる、遮るもののない東京の空を見上げた。

そこはビルの屋上のパーティスペースだった。広い空が見えるというのが売りで、その日は見事な青空が広がっていた。りんは会場の周囲に張り巡らされた柵によりかかり、ぼんやりと周囲の景色を眺める。三百六十度見渡す限りビル群が建ち並んでいた。そんなビル群の上に広がる空は、広々として見えるはずなのに、どこか窮屈に見えた。会場にはやたらとごてごてしたハートのモチーフが飾られている。お金はかかっているのだろうが、古臭く、野暮ったかった。

この趣味の悪いパーティをセッティングしたのは父に違いなかった。

スーツを着た父と、まるで付属品のように犬を抱いている母は、複製された同じ笑顔でワインを飲んでいた。

バレエを断念してから、親との交流はほとんどなくなっていた。

母はバレエの話をしなくなった。そもそも母との接点はバレエだけだったので、接点が何もなくなった。

たまに学校に行き、気が乗らなければ遊びに行き、家では寝るだけ。学校はどうだったかと聞かれることはなくなり、形だけでも言葉を交わすこともなくなった。そういう生活が続いていた。

りんは毎晩、どうでもいい派手な仲間たちと過ごし、どうでもいい男と付き合い、初体験もしたが、興味は湧かなかった。

何も感じることが出来ないでいた。

「りんちゃん」

　母親に呼ばれた。

「りんちゃん大きくなったねぇ。前はこんなに小さかったのに」

　父親の会社の関係者なのだろう。

　りんが幼い頃の話で盛り上がり、やがては犬の話になった。

　この犬は何ていう名だっただろうか？　りんは考えながら、大人たちのグループを離れた。リリーとかクララとか確かそんな名前だった。

　一果は、もう踊ったのだろうか？

　それともまだストレッチでもしているのだろうか？

　小さなコンクールであれば優勝する可能性も十分ある。最後に見た一果のバレエはそれほどに上達していた。

　怪我でステージに立てないことは悔しいけれど、よく考えてみればそれでよかったのかもしれないと思う。

　自分には才能はない。

　バレエは、家が裕福なだけではどうしようもない。そもそもダンサーには、裕福な家の子が多いのだ。結局は才能のないものがふるい落とされる。

　留学を頑なに拒否したのは、自分でそれがわかっていたからだ。

実花先生の教室に居続けたのは、実花先生の教室のレベルが自分にちょうど合っているというずるい考えからだった。

最初から実力なんてなかった。精一杯努力して、小さなバレエ教室の一番になんとかなれただけだ。

りんは、ポケットからスマートフォンを取り出し、そこから伸びるイヤホンを耳につけた。スマートフォンにはたくさんのバレエの曲のデータが入れられている。

りんは「アルレキナーダよりコロンビーヌのヴァリエーション」を選び出し、再生する。

コンクールに出るなら私と同じアルレキナーダにしなよと言ったことを、一果は覚えているだろうか。

いつだったか、実花先生がこの踊りの説明をしてくれたのを思い出す。

夜中になると踊り出す人形たちの物語。

そう聞いた時に、絶対に踊りたいと思った。普段は自由のない人形も、夜中になると自由になることができる。まるで、バレエを踊っているときの自分のようだと思った。踊っている時だけ、その時だけは、りんは自由だった。自由、だったのだ。

「よっ！　一果！」

洋子ママの野太い掛け声がコンクール会場に響き渡った。

「ママうるさいっ」

アキナが注意したときには遅く、客席から失笑が漏れていた。

審査は、静まり返った中で淡々と行われる。表情を一切変えない審査員の姿は、不気味にすら見えた。

一番端っこの席から、舞台を見つめる凪沙の心臓は、今にも破裂しそうだった。ついに一果が踊るのだ。

「六十八番、桜田一果。アルレキナーダよりコロンビーヌのヴァリエーション」

アナウンスが響き渡る。

審査員たちは姿勢を正すと、ステージに意識を集中させた。

曲が流れ始めた。コロンビーヌのヴァリエーションは可愛らしい踊りだった。黒に金の刺繡をほどこした大人っぽい衣装は、一果と一緒に凪沙が選んだ。一果が踊るのは道化の人形のようだった。一果は舞台袖から、ステージをのぞきこむように、登場する。その瞬間にもう観客を魅了していた。十二歳には見えない大人びたプロポーションと、可愛らしい振付のギャップが観客たちの心をとらえた。

「見て見てあの子、すごい上手」

客席の親たちの感嘆の声が凪沙の耳に入る。凪沙は鼻高々だった。

「あれ、本当に一果ちゃん？」

ママたちも信じられないといった様子だ。一果は舞台の中央で、しーっというように人差し指を唇にあてる。人間に見つからないように、どうか静かに。いたずらっぽい、本当に人形のような仕草。その瞬間、観客がさらにぐっと引き込まれるのが空気でわかった。一果は、それはそれは楽し気にステップを踏み、くるくると回った。自由の喜びが、その一挙手一投足からあふれていた。

同じ頃、りんはスマートフォンからイヤホンを外した。突如、会場に、「コロンビーヌ」のメロディが響きわたる。

客たちは突然のことにざわめくが、りんが妖精のように軽やかな足どりで踊りだすと、思わずというように、静かになった。

りんはステージの上にいるように踊り続ける。コンクールでも何度も踊った曲だ。ケガをした足のことも忘れるぐらい、思うように体が動いた。

「やめさせたほうがいいんじゃないか」

前に出ようとする父を、母が「大丈夫」と抑えている。母は嬉しそうだった。

最初は突然踊り出したりんを、怪訝な顔で見ていたゲストたちも次第にりんの踊りに夢中になった。

りんは正装したゲストたちの間を、すり抜けるように踊った。人形もこんなに好きなように動けるの。

りんはこれほどまでに自由に踊ったことがなかった。

楽しいと思った。

「すごーい」

「プロみたいだね」

周囲から感嘆の声が上がる。

私は再び、ステージの上に立ったのだ。

りんはダンサーの顔で踊り続けた。

コンクール会場でも、一果の踊りがクライマックスを迎えていた。

一果の踊りに会場は引き込まれ、審査員も自然と前のめりになっている。予選通過はもはや疑う余地はなかった。

そして一果は最後のポーズを決める。

ポーズを解いて、優雅にお辞儀をすると、会場中から拍手が鳴り響いた。

その頃、パーティ会場で、りんは最後のステップを踏んでいた。

お母さん、見て、私、踊ってるよ。

母の前を横切って、りんは踊りながら、大きく跳躍する。

まるで大空を摑もうとしているかのような、見事な跳躍。

そして、りんは大人たちがシャンパンを片手に見守る中、そのまま柵を飛び越え、宙に舞った。


全ての予選が終わり、ロビーでは大勢の出場者や家族が思い思いに過ごしている。

休憩時間が終わればいよいよ、決勝だ。凪沙は決勝に向けて、一果の髪を結い直していた。

正式な発表はまだだが、実花からも予選通過は確実だと太鼓判を押されている。

「一果、頑張ったね」

凪沙は一果を優しく見つめる。

まわりは一果の噂話でもちきりだった。

「見た六十八番の子」

「めちゃ上手だった。優勝候補なんでしょー」

凪沙は誇らしかった。

やはり一果の夢にすべてをかけて生きていこう。

もう一果の為に仕事をするのも、金を工面することも犠牲とは思わなかった。一果のおかげで、一緒に夢を見ることを許されている。

輝かしい一果の未来を思い描く凪沙の頭からは、期間限定ということがすっぽりと抜けてしまっていた。

一果はステージ脇で佇んでいた。

「白鳥の湖」のオデットの衣装に身を包み、頭には凪沙にもらった羽飾りをつけている。凪沙の羽飾りをステージでつけたいと話した時、凪沙は涙を流して喜んだ。泣いていないと言い張る凪沙の顔を見ながら、一果はこの曲を選んでよかったと思っていた。

でも今は、そのことを後悔する気持ちが、打ち消しても打ち消してもこみあげてくる。

実花はオデットには特に審査員の厳しい目が注がれると何度も忠告してくれた。でも、一果はそれを聞かなかった。自分ならなんとかできると思ったのだ。どうして、そんな風に思ったのだろう。

客席の険しい顔の審査員たちを見ていると、足がすくんだ。

傍の実花もいつになくこわばった顔をしていた。決勝では指導者も舞台袖に上がるのだ。

決勝の舞台袖は、予選とはくらべものにならないほどの緊張感が立ち込めていた。

一果の頭は混線しているようにぐちゃぐちゃだった。

昨夜の早織の不意打ち。りんからの電話。そして目の前のオデット。

ひとつひとつでも容量がオーバーしそうな感情が一度に流れ込んできて、一果はパンクしそうになっていた。

あれだけ練習してきたオデットのヴァリエーションなのだ。

必死に大丈夫だと自分に言い聞かせるのだが、大丈夫な気がまったくしなかった。

「六十八番、桜田一果。白鳥の湖第二幕よりオデットのバリエーション」

アナウンスが聞こえたが、一果の足は動こうとしなかった。まるで床に貼り付いているようだった。

舞台袖で、実花が慌てている。

「一果、一果っ」

小声で何度も呼びかけられ、ようやく一果が反応する。

「もう一度お願いします」

実花がアナウンサーに頭をさげると、もう一度アナウンスが流れた。

ようやく一果がステージに登場する。ポーズを取ると、音楽が流れ始めた。

しかし一果は踊ろうとしない。ポーズを取ったまま、石柱のようにじっとしていた。
凪沙はすぐに一果の異変に気付いた。
「ねえ、なんで踊らないの？　こういう振付？　ねえ」
ママがひそひそ声で尋ねながら、凪沙の腕を揺する。
音楽だけが鳴り響き、会場のざわめきが次第に大きくなってきた。
やがて、音楽がストップした。
一果はポーズを解くこともできず、舞台上に突っ立っていた。
心が壊れてしまったように動かなかった。
助けて。
無表情のまま、心の中で一果は叫んだ。
昔は何も持っていなかった。
でも今は違う。
何かを手にすると、失うのが怖くなる。
失いたくない。
誰かに助けを求めたかった。
一果はもう一度、心の中で叫んだ。
助けて。

一果は誰かを探すように会場に視線を走らせる。

「……お母さん」

小さな声が漏れる。

その声は凪沙の耳にも届いた。凪沙は咄嗟に動けなかった。

お母さんなのかと思った。最後に呼ぶのはお母さんなのかと。

それでも、一果を守れるのは自分しかいない。ステージに向かおうと腰を浮かした凪沙の横を、ひとりの女が駆け抜けていった。女はためらいなくステージによじのぼり、一果を抱きしめる。

それは早織だった。

早織に気づいた一果は、茫然とその顔を見つめる。そして、早織に何度も何度も優しく頭を撫でられると、無表情のままぽろぽろと涙をこぼした。

「助けて」

一果は早織の胸に顔をうずめる。早織は卵に覆いかぶさる親鳥のように、一果の身体を包み込んだ。

「あんたはうちの娘じゃけ。うちが守るんじゃ」

抱き合う二人に、困った様子のスタッフが近づいていく。

凪沙は静かに席を立ち、会場を出た。

# 9

確かに春には匂いがある。

待ち合わせのカフェで、わざわざテラス席を選びながら、凪沙は思った。

風はまだ少し肌寒い。しかし、少し華やいだ、日なたのような春の匂いは確かにもうしていた。

一果が広島に連れ去られてしまってから、一年が過ぎようとしていた。

早織はコンクールの日に抱えるように一果を連れて帰ってしまった。一果との連絡は早織によって、一切拒絶された。一果の荷物も宅配で送れと、凪沙の母を通じて言ってきた。凪沙が無視していると、もうそれも言ってこなくなった。今でも凪沙の部屋には、一果の残した気配がある。

あれから、ずっとあのコンクールの日のことを考えていた。

あの日、ステージで抱き合う一果と早織を見て、凪沙は打ちのめされた。自分がいるべき場所を取られたと思った。一果を守ることができるのは、自分だけのはずだったのに、一果が求めたのは母親だった。

凪沙がなりたいと切望し、なれずにいる母親……。

考えて見れば、自分の場所を取られたのではなかった。自分が早織の場所を取ろうとしていたのだ。一果の、母親に、なろうとした。

一果のため、一果のため、と思って、がむしゃらに頑張っていたつもりだったが、結局は全部、自分のためだった。

一果がいなくなったことで、かかるお金は減ったが、凪沙は相変わらず東リンの仕事も、スイートピーでのショーや接客も続けていた。仕事でも入れて、無理に外に出て、体を動かしていないと、どこまでも崩れていってしまいそうだった。

一果がいなくなっただけでなく、仕事で知り合った人たちとも随分別れを経験した。どちらも、人の入れ替わりの激しい仕事だった。お互い深くは立ち入らないままに、心地いい関係を築いていた純也も、他の現場に異動になった。

周囲の顔ぶれが変わっても、日常は続いていく。誰かが欠けた穴は、そこに穴があったとも気づかないほど巧妙に、いつしか塞がれている。

しかし、一果の残した穴はいつまでも塞がることはなかった。

「元気そうね」

顔を上げると、瑞貴の姿があった。瑞貴とは最近連絡をもらい、会うようになった。

再会した時、瑞貴の目は、凪沙がよく知るかつての目に戻っていた。

「あんたこそ」

心からの言葉を返す。

瑞貴はあの事件以来、大きく人生の舵をきった。

「どう、忙しい？」

「うん、ぼちぼち。事務所も立ち上げたの」

瑞貴は会社社長の男と別れ、行政書士の資格をとり、事務所も開設していた。

一連の騒動を経て、瑞貴はある大きな目標を立てたのだ。

政治家になる。

瑞貴はそう宣言をして、猛勉強を始めた。そして、今では行政書士として生活しながら、区議会議員に立候補しようとしていた。

「でも本当に政治家になるなんてね」

凪沙が微笑んだ。瑞貴もスイートピーでのやりとりを思い出したのか、くすっと笑った。スイートピー革命を、瑞貴なら本当に起こしてくれるかもしれない。凪沙が以前量販店で買った安物のスーツとは違う、仕立ての良さそうなスーツで身を固めた瑞貴は、すっかりやりての女性議員のように見えた。

「まだなるって決まったわけじゃないよ」

「でも瑞貴ならなれる」

瑞貴には、政治家になったら様々なことを変革してほしいと願った。近年は多くのトランスジェンダーの政治家が誕生している。革命を続けて、いずれはわざわざトランスジェンダーだという必要もないくらいの世の中になればいい。

「はいこれ。たぶん最後だと思うけど」

瑞貴がバッグから封筒を取り出した。

「いつでもいいのに」

「ううん。確認して」

凪沙が封筒の中の金額を確認する。瑞貴に貸していたお金がこれですべて戻ってきたことになる。

「ようやくね」

瑞貴の言葉に凪沙は頷く。これから凪沙はタイに行くのだ。もちろん、性別適合手術を受けるためだ。

この一年、必死に働いてきた。東リンとスイートピーの仕事以外にも、休日には警備員のアルバイトもやっていた。外食も一切せず、食費も節約しながら、資金を貯めてきた。そして、瑞貴が返してくれたお金も合わせて、ようやく目標の五百万円に達した。

「ようやくね。いいとこあった？」

「予算がギリギリだからある程度は自分でやらないとね」

タイでは安宿を自分で予約することにしていた。

通常、ＳＲＳはホテルなどもパックとなったツアーが多かったが、資金難の凪沙はすべて自分でやらないといけなかった。

「頑張ってね」

凪沙を軽く抱擁し、瑞貴は去っていった。

残された凪沙は財布から一果の写真を取り出して見つめる。コンクールの予選の時の写真だった。実花先生に無理を言って、もらったのだ。

一年必死に働くうちに、凪沙は考えるようになっていた。

あの時、一果が探していたのは誰なのだろう。

一果が「お母さん」と呼んだのは、誰だったのだろう。

最初は単なる、都合のいい妄想だった。しかし、毎日毎日、あの日のことを考えるうちに、そうだったに違いないと思うようになった。

凪沙を、呼んでいたのだと。

手術が終わったらすぐにでも日本に戻るのだ。

そして迎えに行く。

そう、私の、娘を。

一果は風呂場で、自分の腕から流れる血が排水口に吸い込まれていくのを、無表情に見つめていた。

東広島に戻って来てからのことは、ほとんど覚えていなかった。

考えないことが一番楽だった。

少しでも東京のことを思い出しそうになると、腕を強く噛んだ。最近では、噛むのだけでは足りず、カッターで腕を切ることを覚えた。

世間ではリストカットと呼ばれるものだ。

今日はりんのことを思い出してしまい、腕にカッターをあてた。

りんがビルの屋上から飛び降りたことを知ったのは、ずいぶん後になってからだった。コンクール会場から、そのまま無理やり広島に連れ戻されたため、誰とも話をすることが出来なかったのだ。

りんはビルの屋上で一果と同じアルレキナーダを踊り、そして飛び降りたのだという。

一果は自分が世界で一番不幸なバレリーナだと思っていたが、そうではなかった。

そんなことを考えていたら、カッターを手にしていた。

凪沙やりんのことを考えない日はなかった。しかし、東京に行くことはもちろん、東京で出会った人々と連絡を取り合うことも早織に禁止された。監視も厳しかった。監視の目を逃れてなんとか凪沙に電話をしたが、凪沙は出なかった。やっとつながったのは、実花先生だった。そして、実花先生の口から、りんのことを聞いたのだった。

電話のことはすぐに早織に気付かれ、監視はさらに厳しくなった。

電話がダメならと、スイートピーのホームページにあったメールアドレスに、凪沙宛のメールを送ってみたが、それもバレて、今度は動揺した早織が自殺騒ぎをひき起こした。狂言なのはわかっていたが、凪沙たちに連絡を取ることはやめた。自分のまわりで誰かが死ぬかもしれないと思うだけでもいやだった。

一果が自分から離れるのではないかという不安から、束縛こそ異常に厳しかったが、早織は本人が言うとおり、確かに生まれ変わったようだった。強引な性格は変わらなかったが、酒もきちんと断ち、パートで真面目に働き、一果を育てた。元暴走族だという新しい彼氏も出来、幸せそうではあった。

早織は贖罪の気持ちからか、食べたいものや欲しいものをしきりに聞いては、一果に与えようとした。しかしバレエをやることは、凪沙に会うことと同じぐらい禁止された。

早織はバレエを忌み嫌っていた。

「あんなもん、なんの為にもならんけえ」

それが今の早織の口癖であった。

一果は一縷の望みをかけて、かつて習っていたギエム先生の公園にも通ってみたが、ギエム先生の姿は見つからなかった。ついには思い余って、昔、警官がギエム先生を連れて行った公園近くの家にも行ってみたが、そこは若い夫婦の家になっていた。死んだとか、スイスに帰ったとか、様々な噂があった。

仕方なしに、昔のように公園の鉄棒を使って、こっそり練習もしてみたが、今ではやめてしまった。世間は狭い。公園でバレエの練習をしていたと、近所の噂にでもなったら、今度は早織がどんな騒動を起こすか、想像するだけでぞっとした。

今は腕を斬りつけ、流れる血を見ているときだけが一瞬の命を感じるときだった。

「一果！　おるんか！」

派手なクラクションが聞こえる。一果の仲間たちだった。

一果はこの一年でさらに成長し、まるでモデルのような体型になっていた。無表情で無口なのは相変わらずだったが、一果とお近づきになろうと、男も女も次々に寄ってきた。東京ではモデルをやっていたとか、ダンスボーカルグループのバックダンサーをやっていたとか、根も葉もないうわさも流れ、一果がそれを否定しなかったこともあり、いつしか、一果は仲間内で特別な存在に祭り上げられていた。

「みんな集まっとるんじゃ、一果も行こうや」

アパートの窓から外を見ると、最近やたらと絡んでくる同級生の女の子がぶんぶんと手を振っていた。彼氏らしき金髪の男のスクーターの後ろに乗っている。一果はかすかに頷いて、鏡を見ることもなく、近くにあった上着を掴むと、外に出た。

その女の子のことはどうとも思わなかったが、一果は誘われれば遊びに出かけた。バレエと凪沙以外のことに関しては、早織は何もうるさく言わなかった。バレエをやろうとするくらいなら、やんちゃな娘になってもらったほうがいいとでも思っているのだろう。

「出てくるわ」

ムスッと出て行く娘を見て、早織は頷いた。

ふうっと早織は息を吐いた。

一果が家にいる時はいつも気が張っている。一果よりも早く電話を取るためだ。

一果には一切伝える気もなかったが、今でも頻繁に実花から連絡がきていた。

「お願いです。一果ちゃんは世界に出られる才能があるんです」

「うちはバレエが大嫌いなんじゃ。そんなもんやって何のためになるんじゃ」

「でも……一度踊ってるのを見てもらえれば」

実花は毎回、しつこく食い下がった。

早織は一果が踊る姿をみたことがなかった。コンクール会場に行ったのは、一果を連れ帰るためだ。一果が話していたコンクールの情報から、あの会場を絞り込み、到着した時にはもう決勝が始まっていた。

しかし、早織には決勝での一果の姿を見ただけで充分だった。

あの助けを求める一果の姿を見たら、バレエをやらせるわけにはいかなかった。

バレエをさせないことが一果のためなのだと、誰かに言い訳するように早織は思う。

しかし、本当は早織も気づいていた。早織はバレエが怖いのだった。

一果を東京どころか、世界に連れて行ってしまうようなものに、近づけたくなかった。

一果は広島で大人になり、結婚をして、一生を過ごして行くのだ。自分と同じように。自分のもとで。

今、反発心が強いのは思春期だからだと早織は考えていた。

自分だってそうだった。親への反発心から、悪い仲間ともつるみ、悪いこともした。

でも今は真面目に働いて子育てをしている。誰にでもそういう思春期はあるものだ。

なぜ関係ないやつらが自分の肩越しに手を伸ばして、一果にちょっかいを出すのか、わからなかった。

いらいらとため息をついていると、スマートフォンが鳴った。

画面を確認すると、それは凪沙の母の和子からの電話だった。

みんなが集まっているといって、同級生の女の子に連れ出されたのは、コンビニだった。仲間たちが集まる場所といえば、大抵コンビニだ。お金もかからないし、夜も明るい。粋がっている男子などは、迷惑そうな顔をする客に突っかかっていったり、まるでこの場所の主か何かのように大きな顔をしていた。

入口すれすれにとまっている白い派手なスクーターからは、例の音楽が大音量で流れている。早織が勤めていたキャバクラで流れていた、一果の嫌いなダンスミュージック。早織は今も変わらずよく聞いていた。一果はクラシックが聞きたかったが、早織からバレエに関連したものだと判断され、禁止されていた。

一果を呼びに来た、さして仲良くもない同級生は、一果の横に陣取り、妙に馴れ馴れしい口調でとめどなく話し続けている。

「でな、その服がめちゃ可愛いんよ。じゃけど、うち金ないじゃろ。じゃけど、その服ないと彼氏にも会いとうないし、どうすりゃええ思う？」

心底どうでもよかった。答える気もない一果の反応も気にせず、彼女は話し続ける。

コンビニの周りは一面田んぼが広がっている。昼でも喧騒とは無縁の場所だ。同級生の声は、何にかき消されることもなく、どこまでも届きそうだった。

ここが新宿だったら、と一果は考える。

一果は歌舞伎町の騒音が好きだった。あの町の騒音はただうるさい音じゃない。いろんな人生の音がぐちゃぐちゃに混じり合った、妙に安心する音だ。繁華街の真ん中で音楽もかけずバレエの練習をしていたとき、騒音がクラシックに聞こえることもあった。

「一果も今度行こうや。服買いに」

「興味ない」

同級生に向かって、今日初めて発した言葉であった。そして、もう発することもないだろう。

「一果はええな、何着ても似合うけえ」

「興味ない」と一言いわれただけなのに、同級生はまるで親友だと認められたかのように、はしゃいでいる。

そこへ一台の車がやってきた。車高の低い派手な車だった。

「誰じゃ?」

一果の友人たちがざわめく中、車から降りてきたのは作業服姿の男だった。早織の新しい彼氏だ。

「母ちゃんが呼んでるんじゃ！　はよ来い」

男が一果の腕をとると、すかさず、仲間たちが取り囲む。

「おどりゃ誰じゃ！　うるしゃー！」

仲間たちは粋がって、威嚇するが、「じゃまじゃ！」とあっという間に蹴散らされる。

新しい彼氏は年下で暴走族のリーダーだったと早織が自慢していたことを、一果は思い出す。

「どこ行くんじゃ？」

男に言われシートベルトをしっかりと締めながら、尋ねる。

「知らん。お前の母ちゃんが、ばあさんの家に連れてこい言うとるんじゃ」

ばあさんの家とは、一果から見て曾祖母の家だ。ボロいが広さだけはある家に、曾祖母と早織の母、そして、凪沙の母が暮らしている。曾祖母は高齢で、早織の母は病気を患っていたから、凪沙の母が一人で世話をしていた。

行き先を尋ねたが、本当はどこでもよかった。

道沿いに広がる田んぼはあまりに長く続き、まるで進んでいないのではないかという錯覚を覚える。心地いい車のエンジン音を耳にしながら、一果は早く帰りたいと思っていた。早くひとりになって、赤い血を見なければ、生きている気もしなかった。

凪沙はタイで手術を終えると、安静期間もそこそこに、すぐに帰国した。そして、そのまま、地元の東広島に向かう。

手術を終えたばかりの身体で、強行軍だったこともあり、凪沙は重い疲労を感じたが、一刻も早く、一果の顔を見たいという思いが上回った。

地元の土を踏むのは、いったい何年ぶりか。

生涯帰るつもりはなかった。

この田舎町の風景を見ると胸を締め付けられた。まるで、タイムカプセルでも開けたように、当時の気持ちが蘇ってくる。凪沙として自分の人生を確かに歩いてきたというのに、不安で、母の機嫌ばかりをうかがっていた子供に戻ってしまったようだった。

実家には事前に帰ることを伝えていた。

一果を新宿に連れて帰りたいということも。

実家はほとんど記憶のままだった。もちろん壁などは随分と変色していたが、まだ十分に威圧的だった。

実家の前でタクシーを降り、チャイムを押す。

出迎えた母の和子は、最初、誰が来たのかと凪沙を訝しむように見ていたが、その特徴的な顔立ちからすぐに我が子だと気づいたようだった。和子はへなへなと床に座り込んだ。腰を抜かしてしまい、茫然とした様子の和子を担ぐようにして、居間に向かう。

そこには、既に和子から話を聞いている様子の早織もいた。早織も女性になってからの凪沙を見るのは初めてのはずだったが、まったく動じる様子もなく、挑戦的な目で凪沙を睨んでいる。早織も決着をつけるつもりなのだと思った。

「健二、どうしたんじゃその格好は……」

ようやく我に返った和子が尋ねる。凪沙は自分の格好を見る。黒いワンピースはシックだし、赤いマニキュアと口紅は自分に最高にマッチしている。全く問題のない格好だ。そう言いたかったけれど、多分、母には伝わらないだろう。

「私はね、体は男性だけど心は女性なのよ、お母さん。たまたま男性で生まれてきちゃったの」

凪沙は座布団にきちんと正座し、和子と向かい合うと、自分がトランスジェンダーであることを説明した。しかし、和子にはいっこうに理解する様子がない。そもそも理解しようとする様子がない。ただ、身を引いて、怖いものを見るように凪沙を見ている。

早く一果を連れて、東京に戻りたかった。そのためには、自分が女であり、一果の母親になれることを、母にもわかってもらわなければならない。

凪沙は本気で信じていた。孤独な一年の間に、凪沙の中に芽吹いた物語は、そこまで育っていた。

だから、真剣に、熱心に、根気よく説明を続けた。

早織はその様子を無表情に見つめていた。表情をなくすと、一果の生き写しのようで、凪沙は苦しくなった。

「ねえお願いじゃけえ病院行って治してよ。ねぇ健二」

和子が拝むようにしていう。凪沙の言葉は何一つ和子の中に残らなかったようだった。

「お母さん、私は病気じゃないの、だから治らないの」

凪沙の言葉に、和子はわっと泣き崩れる。

凪沙は深くため息をついた。母の理解は得られそうもない。そもそも、母が理解してくれるはずがなかった。少女漫画を捨てた、あの母が。

自分はもうここでは存在しないのだ。健二でなくなった途端、自分は母の子供ではなくなった。

凪沙は実家に来たことを少し後悔した。

しっかりと決着をつけようと思うべきではなかったのかもしれない。一果の前に突然現れて、駆け落ちのように連れ帰ってしまった方がよかったのかもしれない。

でも、それでは、また早織が奪いにくるだろう。

早織とだけは、決着をつけないと、ダメだ。

凪沙は早織をじっと見つめる。早織も目を逸らさず、凪沙を睨みつけた。

車のエンジン音が聞こえてきた。

「連れてきたけえ」

入ってきたのは、見知らぬ男だった。早織が男に短く感謝を伝える。

あばずれめ。凪沙は心の中で早織を罵る。きっと早織の新しい男に違いなかった。

凪沙は一度は早織の境遇に同情し、共感した事実をすっかり忘れていた。彼女の中で、早織は虐待をするひどい母親のまま、固定されていた。そうでなければ、一果を凪沙が守るという物語が成立しない。

男に続いて、一果が姿を現した。居間の入口に立っている一果を見るだけで涙が溢れた。

コンクールの日からいったいどれだけ過ぎたのだろうか？

一果のことを考えない日はなかった。

一果もまた、久しぶりに見る凪沙に涙していた。凪沙は変わり果てていた。無理やり化粧はしていたけれど、その顔はやつれ疲れ果てており、まるで病人のようであった。ファンデーションを塗っているようだが、それでもはっきりわかるほど顔色が悪かった。

赤い口紅やマニキュアは凪沙の象徴的なものだったが、その強すぎる色は浮いていて、痛々しかった。

一果が凪沙に近づく。凪沙は一果の顔をまじまじと見つめた。仕事があると、そそくさと帰って行った男のことなど、もう視界にも意識にも入っていなかった。

成長した一果はさらに美しくなっていた。たまごのようなつるんと小さな顔にすっと伸びた長い首。高い位置にある腰からすっと長く伸びた足。しなやかな腕。本当にバレエダンサーになるために生まれてきたようだと凪沙は思う。

「あんたを迎えに来たんじゃと」

早織が馬鹿にしたような薄ら笑いを浮かべながら言う。

「一果、帰ろ」

凪沙が立ち上がり、一果の手を握った。

「おどりゃふざけとるんか！　一果は私の娘じゃ！」

激高した早織が二人の手を引きはがそうとするが、凪沙はもう早織も見てはいなかった。

「あなたはこんなところにいたらダメ、踊るのよ」

一果を一刻も早くこの町から連れ出し、バレエの世界に戻さないといけない。それが自分が果たすべき宿命なんだと思った。自分はそのために生まれてきたのだと。

「ドロボーのオカマが何言うとんじゃ！」

「一果、帰ろ」

一果の腕をつかんだ、凪沙は違和感を感じ、ばっと袖をめくる。そこにいくつものリストカットの痕を見つけた瞬間、涙とともに激しい怒りが凪沙を包み込んだ。早織への怒りと、守れなかった自分への怒り。

「……これじゃ……衣装着れないじゃない……」

腕が傷だらけのバレリーナなんて聞いたこともない。

凪沙は泣きながら、一果の腕をそっとさすった。そして、強く抱きしめる。

「大丈夫よ。大丈夫」

一果も凪沙に腕をまわした。

「うん」

その様子を見ていた早織が、真っ赤な顔で二人の間に割って入ろうとする。

「一果、大丈夫じゃあ。あんたはママが守るけえ」

しかし凪沙は一果を固く抱きしめたまま離れない。早織は突然、凪沙の背後に回って、羽交い締めにした。

相変わらず力のない凪沙は呆気なく引きはがされてしまう。

「ウチだって一生懸命この子守っとんじゃ！　ひとりで子供育てるんがどんだけ大変

か お前にはわからんじゃろう!」

「守ってなんかないだろこのバカ女! 一果の腕をこんなにして! 何考えてんのよ!」

凪沙が怒りにまかせて早織を叩く。不良時代に喧嘩に明け暮れていた早織は、躊躇なく、凪沙の髪を摑むが、ずるりとカツラが脱げただけだった。

母の和子が、混乱したように短髪の凪沙と長い髪のカツラを見比べる。

早織はカツラを投げ捨て、凪沙につかみかかった。二人は取っ組み合い、居間は修羅場と化した。一果と和子はおろおろと立ちつくしている。頭に血が上った二人はエスカレートしていくばかりだった。

凪沙が早織から離れ、一果の手を取ろうとする。すぐに気づいた早織は、凪沙の服の首元をつかみ、転がすように投げ飛ばした。

「バカ! バカ!」

凪沙が倒れ込むのとほぼ同時に、布が破れる音がした。

凪沙が体を起こす。母の和子が悲鳴を上げた。

凪沙の服が破れ、胸があらわになっていた。しっかりとしたふくらみが、全員の目にさらされる。

早織は一果を自分の背後に隠し、凪沙を冷たい目で見つめる。

一果は混乱したような、戸惑ったような表情で固まっている。

「このバケモンが……帰れ」

早織が無表情に言い放った。早織の言葉は少しも凪沙を傷つけなかった。それよりも、一果の表情にショックを受けていた。

喜んでくれるはずだと。そう思い込んでいたからだ。

凪沙はゆっくり立ち上がると胸元を隠して一果の前に立つ。

「……一果。私ね、女になったからお母さんにもなれるんだよ。一果のお母さんになれるんだよ」

凪沙は静かに言った。しかし、一果は今にも泣きだしそうな、困ったような顔をするばかりだった。

凪沙は目に焼き付けるように一果を見つめると、無理ににっこりと笑った。そして、まだ、茫然としている母の和子を一瞬だけ抱擁した。

さようなら、お母さん。どうかお元気で。

もう二度と、この町に足を踏み入れることはないだろう。

赤いヒールに足を押し込み、上着で破れた胸元を隠しながら、凪沙は家を出る。

一果が追いかけてくれるような気がしたけれど、気のせいだった。

凪沙は田んぼ道を一人で歩いていく。

手術前から積み重なっている疲れが、どっと押し寄せ、今にもうずくまりそうだったが、気力を振り絞って歩き続けた。

そして、凪沙は東京に戻ると、引きこもり始めた。部屋を出るのは、コンビニに買い出しに出るときぐらいで、すぐに戻り、何も考えずにただ寝て、起きて、また寝る。それだけを繰り返した。

押入れの布団も、一果が使っていた食器もまだそのまま残っている。今も、目を閉じると一果がそこにいるように感じた。

しかし、慌てて目を開けても、誰もいない。

そんな生活を一か月も続けると、もう何をする気も失せていた。

スイートピーのママからの電話に出ることも億劫で、居留守を使っているうちにかかってこなくなった。本当は、定期的に手術後のケアをすることが重要なのだが、それもうどうでもいいような気がした。

もう、いいのだ。夢はどうせ、叶わない。

女になることが、夢だった。女になって、母親になりたかった。他の誰でもない、一果の母親になりたかった。

# 10

凪沙が東広島を訪れた日から、一年以上が過ぎた。

その日は中学校の卒業式だった。

式に出るため、身支度を整えながら、早織はあの日のことを思い出していた。

あの日、一果は凪沙のあとを追いかけようとした。

自分を捨て、凪沙を選ぼうとしたとは思わない。一人とぼとぼと歩く様子が、あまりに哀れで、少し声をかけて励まそうとしたのだろう。

しかし、一果が凪沙のもとに行ってしまうのではないかという恐怖は強くなるばかりで、早織はさらに監視を強め、凪沙と少しでもかかわりのあるすべてのものとの接触を禁じた。

しかし、それから、一果は一切誰とも口を利かなくなった。もともと口数の少ない子だから、気のせいだと思い込もうとしたが、無理だった。気づけば、一果はすっかり心を閉ざし、早織も含め世界を自分から締め出してしまった。悔しいことに、凪沙に言われるまで気づかなかった一果の腕の傷も、怖くなるぐらいどんどんと増えていく。

このままでは死んでしまうと思った。

たまりかねた早織は、凪沙との接触禁止のルールにひとつの条件を出した。

「中学をちゃんと卒業したら会ってもいい」と。

二度と会わせるつもりはなかったが、一果を失うわけにはいかない。それに、中学の卒業はまだ先だった。その頃には凪沙のことなど忘れているだろうと思った。

早織はすでにかなり譲歩したつもりでいたが、一果はさらに条件を出してきた。

「その代わりバレエを続けさせて」

早織は悩んだ末、その条件を飲むことにした。そんなにやりたいのであれば、やらせた方が、一果の気持ちが落ち着くだろうと思ったのだ。もう一果の腕にこれ以上傷を増やしたくはなかった。

さらにもうひとつ、凪沙の存在も、バレエを認める理由になっていた。

凪沙は一果にバレエをやらせようとしていた。それなのに、自分がバレエを禁じていたら、一果はどう思うだろうか。凪沙の方を味方だと思いはしないだろうか。そんな姑息な計算もあった。

そして、約束の期限である卒業式の日が訪れた。

一果は約束通り、凪沙にいっさいの連絡をせずに過ごした。

中学でも友達を作り、バレエと学校生活をしっかりと両立させていた。

早織はそんな一果が誇らしくてならなかった。

「しかしほんまに早いなぁ、中学上がったと思ってたらすぐに卒業じゃけねえ」

恰幅のいい同級生の母親がけらけらと笑い声をあげる。派手なスーツ姿の早織は、合わせるように笑った。

「ほんまじゃねえ」

せっかちで強引な早織は空気を読むのも、合わせるのも苦手で、他の母親たちとの関係を築くことを避け続けてきたが、凪沙の件があってからは必ずどんな集まりにも顔を出すようになっていた。

母親は私。

凪沙に対する激しい嫉妬の感情が、一果にとって少しでも良い母でありたいという原動力になっていた。

「早織さんのとこの一果ちゃんもなぁ、えらいべっぴんさんなって羨ましいわ、モデルさんみたいじゃ」

「そんなことないない」

謙遜したが、親の目から見ても、一果は美しく成長した。

バレエを続けたせいもあってか、身長も伸び、手足も同時にどんどん伸びた。バレエを続けさせてよかったかもしれない。早織はすっかり手のひらを返していた。

「桜田一果」

壇上で卒業証書を受け取る一果の姿を見ていたら、目に涙がたまった。

一果はもう何年かしたら、自分が一果を産んだ年齢になるのだ。

親や世間に反発ばかりして、つまらない人生を生きてきた自分と違って、一果はこの町を飛び出していくのだろう。半ば諦め気味に早織は思う。

バレエを続けることは一応認めたものの、早織がバレエを嫌っているのは変わらなかった。だから、練習を見に行くこともなかったし、コンクールであっても見に行かなかった。ただ、一度だけ、一果が東京のかなり大きなコンクールに出場したことがあり、その時は早織も付き添った。東京ということで、凪沙に会おうとするのではないかと、心配で仕方がなかったからだ。

初めて見た一果の踊りは、素人が見ても心の奥底が震えるようなそんなすごさがあった。

あの時、早織は覚悟したのだ。どんなに高い壁で囲っても、翼をもっている相手には意味がないのだと。

校長先生のどうでも良いような話にいつの時代も変わらないものだなと思っている

うちに、一果の中学生活最後の日が終わった。

「一果、卒業おめでとう」

式が終わり、校門の外へと一緒に歩きながら早織が言った。

「ありがと」

一果ははにかむように笑う。最近、また表情が柔らかくなったような気がする。一年間の子育ての通信簿をもらったような気持ちだった。

「なあ一果！　このあとみんなで集まろうや！」

後ろから駆けてきた友人たちが声をかける。一果は首を振った。

「ごめん。このあとはレッスンがある」

「またバレエ？　今日は卒業式で。こんな日くらい練習を休みいや」

友人が呆れたように言う。

「ごめん。また行こやっ」

「約束じゃよ」

一果に手を振ると、友人たちは駆け去っていった。

「あんたが友達作るなんてね。不思議」

早織の言葉に、一果は苦笑する。

「別に、普通じゃろ、友達なんて」

校門を過ぎ、しばらく歩いたところで、一果が何気なく言った。

「明日、東京行くけえ」

早織は黙り込む。

わかってはいたが、やはり嫌なものは嫌だった。

「そんな金ないよ」

しばらくして、ようやく発した言葉は、早織自身から見ても、姑息だった。

しかし、そんな姑息な牽制も、しっかりとした娘の計画を前にしては無意味だった。

「貯めたから大丈夫」

「あいつに会うんか？」

「約束したじゃろ。卒業したらいいって」

「そんな約束、忘れると思ってた」

「そんなわけない……でもね、ちゃんと帰ってくるけ。約束するわ」

早織が立ち止まり、一果を抱きしめる。怖かった。

「ほんとじゃね。本当に帰ってくるんよ」

「うん。帰ってくる」

一果は微笑んだ。一果がするっと早織の手を取る。早織は泣きそうになるのをぐっとこらえる。小さな子供のようにぶんぶんとつないだ手を振り回しながら、二人はしばらく手をつないで歩いた。

公民館の入口で、実花は人を待っていた。

すっかりエンジン音まで覚えてしまった車から降りて来る親子に気づき、実花は大きく手を振る。駆け寄ってきたのは、一果と早織だった。

「卒業式の日まですいません」

早織が実花に頭を下げる。一果がバレエを続けられるようになってからずっと、実花は東京から広島まで通い、指導を行ってきた。

駅から徒歩圏内の公民館の一室を借りて、週一回、一果を教えていたのだ。

実花は一果を諦めることが出来ずに、東広島の家を突き止め、何度も通いつめた。そして、何度目かの時に、一果がちょうど母親から許しを得たタイミングだったこともあり、指導することを認めてもらった。もちろん新幹線の費用は実花の自腹だ。そのため、生活は楽ではなかった。しかし才能あるダンサーを自分の手で育てられることと以上の喜びはなかった。

「一果、卒業式なに歌ったの？」

着替えを始めた一果に、実花が尋ねる。

「蛍の光」

「へえ、ずいぶんと古いのね。私たちの頃と全然変わらない」

「田舎だから」

それはかつて一果が通っていた新宿の学校と比べてということ？　実花は深読みしそうになる。毎週行われる個人レッスンにおいて、東京の話題は基本的に出さないことにしていた。それが母の早織との約束でもあったし、何よりも一果にとって東京といえば思い出さずにはいられない凪沙の存在は、一果の集中を乱すものでもあると思ったからだ。

それは決して、実花の杞憂などではなかった。東京で行われたバレエコンクールに参加した際、一果は明らかに集中を欠いていた。

「凪沙に会いたい」

一果は実花にそう漏らした。一果が凪沙のことに触れたのは、練習を再開してから初めてのことだった。

実花は迷った。そのコンクールは奨学金に絡む特に大切なコンクールだった。下手なことを言えば、さらに動揺させてしまうかもしれない。

実花は迷った末に、一果を信じて、全てを話し、決断してもらうことにした。

「ねえ一果、ここで頑張らないと凪沙さんも悲しむんだよ。私ね、一果をお願いしますって言われてるんだから」

凪沙は一年前に一度、実花の教室を訪ねていた。

久しぶりに会う凪沙は死んだような目をしていた。そして、突然、バッグから数十万円の現金を摑みだし、実花に押し付けたのだった。

「これで、一果をお願いします。私、あの子にはどうしても踊ってほしいんです」

凪沙は熱に浮かされたように、繰り返した。一果のことを口にするときだけ、死んだような目がぎらぎらと光を放った。

服装などから、なんとなくその時の凪沙が困窮しているのが感じられた。お札も必死でかき集めたように、しわしわだった。もう自分の人生を投げ捨ててでも、一果を助けたいという気迫が、怖いほどだった。

もちろんお金は辞退したが、凪沙の気持ちに心を動かされたのも事実であった。

「凪沙さんのために、凪沙さんを忘れて」

実花は心を鬼にして言った。一果は無表情で受け止めていたが、そのとき、一果の中で何かが大きく変わったようだった。

考え方も、感じ方も、すべてが変わった。大人になったのだ。

一果は圧倒的な踊りを見せ、東京でのコンクールで優勝を果たした。

「実花先生?」

はっと気づくととっくに準備を終えた一果が立っていた。

「あ、ごめんごめん。じゃ、レヴェランスから……」

中学生最後のレッスンは熱気に溢れるものだった。

当初、一果の体の成長のスピードに、技術がついて行かなかったのだが、成長も一段落し、筋力アップのトレーニングも成果をあげて、見違えるほどにレベルアップしていた。

「一果、卒業おめでとう」

練習が終わると、実花は一果を突然抱きしめた。実花の目から涙がこぼれる。

この数年、我が子のように接して来たのだ。

一果は、早織の子であり、凪沙の子であり、そして自分の子でもあると思った。

「ありがとうございます」

一果は実花に深々と頭を下げた。

一果の目にも涙が浮かんでいるのを見て、自分の気持ちは確かに一果に伝わっているのだと思った。

実花は一通の封筒を手渡す。

「はい、私からの卒業証書」

開ける前に、封筒の中身に気づいた一果が、とうとう大粒の涙を流す。

「でね……」

実花はタブーとなっていた人の話題を切り出した。

「会いに行くんでしょう」

「はい。明日」

「そう」

本当のことを言えば、凪沙には会って欲しくなかった。

凪沙には申し訳ないが、やはり心からそう思った。

一果は、雑念をすべて忘れて大きな世界へ飛び立たねばならないのだ。雑念とは言葉が悪いが、一果の気持ちを何よりもかき乱す凪沙は雑念そのものだろう。

多くの大切なものを捨てる勇気だってバレエには必要なのだ。

もはや自分の手すら振り払って、飛び立つ段階にいる教え子を、実花はまぶしそうに見つめた。


三年前、一果はひとりで深夜バスに乗って東京にやってきた。

高速の点滅してゆく街灯をひたすら何時間も眺めていた記憶があった。しかし今回利用するのは新幹線であった。

新幹線の旅は深夜バスと比べ、あっけないほどすぐに終わった。こんな近いならもっと会いに来れたのにと一果は思う。しかし、母との約束ももう終わった。これから、いっぱい会いにくればいいのだ。そう思うと、これからが楽しみになってきた。

新宿は何も変わっていなかった。

一果は初めて凪沙と会った場所に向かう。

あの日のことは今も鮮明に覚えていた。

大伯母から渡された写真の中のスーツ姿の男性を待っていたのに、現れたのは男ではなく女だった。

当時と同じ赤いリュックを背負った一果は、あの時と同じルートでマンションに向かった。途中の店は大分入れ替わっていたけれど、マンションは変わっていなかった。

鍵をいつも隠していた郵便受けも、バレエの練習をしていた廊下も昔のままだった。

一果はドアの前に立つと、ブザーを鳴らした。

「はい」

くぐもった男の声が聞こえてくる。やがてドアを開けたのは、見知らぬ中年男性だった。

「はい?」

「あの……凪沙いますか?」

「凪沙? あ、いないね」

「……そうですか」

予想外の事態に、一果は茫然と立ち尽くす。そんな一果に男は「前に住んでた人かな」と言った。

「はい」

何か手掛かりでもあるのかと、飛びつくように返事すると、男は腹をぼりぼりと掻きながら、吐き捨てるように言った。

「なんか未だに郵便来るんだよね。金の督促状みたいなの。会ったらなんとかしてって言っといてくれない」

そして、音を立ててドアは閉められた。

どうしよう、凪沙がいない。

一果は予定が狂ったことで泣きそうになった。

最初に会った時の記憶をなぞろうなんて、凪沙に会えると疑いもしないではしゃいでいた自分が、馬鹿みたいだった。

会えると思っていたのに。

少し考えて、一果はその足で、かつて自分が通っていた中学へと向かった。

りんのお墓の場所をきこうと思ったのだ。

学校は春休み中だったが、かつての担任は出勤していた。一果がりんが眠る場所についで尋ねると、「本当は個人情報を教えてはいけないんだけど、内緒で」とこっそり教えてくれた。短い期間ながら、一果とりんが常に一緒だったことを、担任も覚えていたようだ。

りんのお墓は新宿に近い大きな霊園にあった。

担任に描いてもらった地図を頼りに、一果がそこにたどり着いたとき、もう日は暮れようとしていた。

墓石の裏にまわると、確かに、りんの名前が刻まれていた。

天に召された日付は、あのコンクールと同じ日。

「りん……りん」

膝から崩れ落ちた一果は、墓石に覆いかぶさるように泣いた。

「ごめんね。ごめんね」

自分がもっとしっかりしていたら……。

一果は、りんが好きだった。

あれから、友達はたくさんできたけれど、りん以上に好きな人はいない。

今までも。

そして、これからも。

踊っている時、常にりんを近くに感じた。りんが自分の分まで踊るようにと言った言葉を一果は忘れずにいる。

これからも一緒に踊ろう。

一果はりんに向かって心の中で語り掛けた。

りんのお墓を訪れた後、一果は実花に連絡を入れた。

何かあったら、連絡するようにと言われていたのだ。実花はこの状況を察していたのかもしれないと一果はうっすら思う。

実花はすぐに自分の部屋に泊まるように言った。実花にはお世話になりっぱなしだ。実花は明日にでも広島に戻った方がいいのではないかと心配していたが、一果は凪沙を見つけるまで帰るつもりはなかった。

翌日、一果はスイートピーを訪ねた。スイートピーもなくなっていたらどうしようと、ドアを開けるまで心配だったが、洋子ママは変わらぬ顔で迎えてくれた。

「久しぶりだねー、一果ちゃん。元気？」

「はい」

「大きくなったわねー。それに何なの、すごい美人になっちゃって。うちで働きなさいよあんた」

洋子ママの勢いに一果は思わず笑う。

「みんなは元気ですか？」

「あなたが知ってる子は誰もいないわね。残念ながら」

当然、ママ以外の人たちもいるものだと思っていたので、一果はしゅんとした。歌舞伎町で働く人の入れ替わりはとても早いのだと、ママが説明してくれる。

「で、凪沙のことよね？」

ママは不意に表情を改めて言った。

「はい。前に住んでたところにいないんです。何か知りませんか？」

「それがいま疎遠でさー、ごめんねー」

ママによると、凪沙は広島から帰ってきて以来、店には顔を出していないらしかった。言いづらそうなママの様子から察するに、無断欠勤の末、連絡もとれなくなってしまったらしい。

「そうですか……」

「瑞貴なら知ってるかもね」

一果は、凪沙の親友の顔を思い出す。瑞貴とはどこで会えるのかと尋ねると、ママは背後の壁を指差した。

壁には選挙ポスターが貼られている。そこには、笑顔の瑞貴が「生きやすい社会を！」というキャッチフレーズとともに写っていた。区議会議員選挙に立候補するのだという。

「すごいわよねー。本当に政治家になるかもね」

こういう人が政治家になれば、凪沙も苦しまないですむのかもしれない。広島の実家での凪沙の姿を思い出しながら、一果は幼い頭でそう考える。

あの時、もっと、何も考えずに凪沙の手を取ればよかったと、思い返す時がある。あの時は、何かしたら、そのことが凪沙を傷つけてしまいそうで、何もできなかった。でも、今なら少しわかる。何もしないことこそが、凪沙を傷つけたことを。

「瑞貴さんはどこにいるんですか？」

「事務所じゃないかな。この近くよ。えーとね」

ママが教えてくれた場所にその足で向かう。事務所の方には、一果が顔を出すという旨、連絡しておいてくれるという。助けられてばかりだなあと、一果は思う。

そして、事務所に着くと、瑞貴が帰ってくるのをじっと待ち続けた。

かなり待つことも覚悟していたが、瑞貴は思ったよりも早く、事務所に戻ってきた。選挙のたすきをかけ、道を行く人たちに爽やかな笑顔で挨拶しながら、近づいてくる。

「頑張ってね！」

応援の声がいくつも上がる。行き交う人々も、瑞貴に好意的なようであった。

もし自分の地元だったらと想像して、一果は気分が悪くなった。大伯母のように、まるで病気のように扱う人もいる。こんな風にオープンに、自然に受け入れられるような気がしなかった。やっぱり、自分は新宿が好きだと思う。

「あの、瑞貴さん」

声をかけると、瑞貴は一果に気づき、ぱっと破顔した。

「あら！　一果ちゃん。久しぶりね」

丁寧に頭を下げると、瑞貴は「すっかり大人になっちゃって」と親戚のお姉さんのように目を細めた。

「瑞貴さんこそ」

そう返すと、瑞貴は「もうとっくに大人だけどね」と笑った。

「バレエ、まだやってるの？」

「はい。それしかないので」

瑞貴はじっと一果の顔を見詰めた。やさしい眼差しだった。

「あなた、変わったわね。いい顔してる」

「あの……」

「ああ、そうそう、凪沙の居場所ね。はいはい。聞いてるわよ」

既に用意してくれていたようで、瑞貴は住所と地図が書かれたメモを手渡した。

「ごめん、私すぐに次の演説行かなきゃでさ、それに、凪沙、私に会いたがらないから……」

　その言葉は、ようやく凪沙に会えると舞い上がっていた気持ちに、影を落とした。あんなに仲が良かった瑞貴に会いたがらないなんて、どう考えてもおかしい。

「……ありがとうございます」

　それ以上、聞くのが怖くて、一果は瑞貴に背を向けた。

「あ、一果ちゃん……」

「はい？」

　一果はこわごわ振り返る。

「びっくりしないで」

「え……」

「凪沙いろいろあって、今、生活保護受けてるんだよね」

「生活保護？」

　詳しくは知らなかったが、良い予感はしなかった。

　瑞貴にもらったメモを頼りに、そのアパートにたどり着いたのは二時間ほど後だった。

　そのアパートは立派な名前とは裏腹に古びており、とても人間が住んでいるとは思えないようなボロボロの建物だった。

ドア前までやってきたが、チャイムがない。仕方がないので、ドアをノックすると、確かに凪沙の声が聞こえてきた。

「入って」

久しぶりに聞く凪沙の声は、記憶と変わりなく、一果は少しだけ安心した。

玄関のカギは開いていた。そっと開いた途端、獣のような強烈な臭いが鼻を殴りつけ、一果は思わず鼻を塞ぐ。

臭いは目にも作用するのか、目がしぱしぱとした。

狭い台所の先に、居間があるようだが、奥は薄暗くて見えない。

一果は靴を脱ぐと、ゆっくりと中に入って行った。

台所は荒れ果てていた。今ではほとんど使っていないのか、埃の溜まったゴミばかりだ。

一果の目に壁にかかった十字架が飛び込んできた。それだけは新しいのかやけに綺麗だった。

さらに進むと、にゅっと伸びた足が見えた。

そして、さらに居間に足を踏み入れた瞬間、一果の目からとめどなく涙が溢れた。

「今日は遅かったわね……」

凪沙は布団のうえに横たわっていた。

つらそうに息をしながら、天井を見つめている。しかし、その目は宙を見つめており、視線はぐらぐらと揺れていた。

下半身にはむき出しのおむつをしており、何日も替えていないのか、血や汚物がにじんでいる。ひどい臭いがした。

凪沙は激しくせき込むと、「誰？」と尋ねた。

待っていた人とは違うと気づいたようだった。

一果はしゃがみこみ、無言のまま凪沙の手をとった。

「……一果？」

凪沙はすぐにためらいなく一果の名前を呼んだ。

「……うん」

「ごめん、ボランティアの人かと思って……」

見えないのだ。凪沙の目は一果を向いているが、一果を映していない。

一果の目から涙が溢れる。一果は臭いも気にせず、凪沙を強く抱きしめた。

「やだ……こんな格好……恥ずかしい」

凪沙はふふと笑う。

「ごめんなさい……ごめんなさい」

一果は謝り続けた。

一果が部屋の掃除をしてくれている間、凪沙はお風呂に入っていた。

一果が入れてくれると言ったがそれだけは恥ずかしかった。

一人で入るのは久しぶりだが、手探りでもなんとかなった。

いったいこの日をどれほど待っていたのだろうか？

今や目はほとんど見えないが、一果の成長ぶりは手の感触で分かった。

これでようやく、あれが出来る。

凪沙は、ひとりほほ笑んだ。

一果がいなくなって、生きる気力がなくなった。一果を取り戻そうと一度は頑張ってみたけれど、それも失敗に終わり、もう頑張る意味もなくなった。

ひたすら部屋に籠って眠り続けていたら、あっという間にわずかな蓄えも尽きた。

借金でしのげるのもわずかな間だった。

家を追い出され、ホームレスのようになり、当然のように手術のアフターケアもせずに放置した。

もうどうなってもよかったのだ。

流されるがままに、低い方低い方に流れていったが、最終的には瑞貴に見つけられた。

瑞貴はちゃくちゃくと政治家への道を歩んでいた。一度は堕ちた人間がそこまで立ち直るのは並大抵のことではなかっただろう。堕ちている最中の人間には、その存在はまぶしすぎて、瑞貴を避けるようになった。

それでも、瑞貴は凪沙のことを心配し、区と掛け合い、生活保護を受けられるようにしてくれた。

それから、週一、二回のボランティアの訪問を受けながら、死んだように生きた。

ボランティアと瑞貴以外に訪ねてくるものなどいなかったが、一度だけ、キリスト教の勧誘が訪問してきたことがあった。聖書を渡され、時間だけはあるので、何度も何度もそればかりを読んでいた。

聖書といえば、アダムとイヴの存在がずっと引っかかっていた。アダムではない、イヴだともいえない、自分のような人間は、神様が予定していなかった存在だと言われたように感じていたからだ。

しかし、ある時、ボランティアの学生から、アダムがアンドロギュノス、つまり、両性具有の存在だったという説があると聞いて、興味を持つようになった。もともとは、天使のような両性具有の存在として生み出されたアダムだったが、寝ている間に肋骨からイヴが作られ、アダムは単なる一人の男になったのだという。

アンドロギュノスは両性具有であり、女性の体を自分の身体だと感じる自分とは重なる存在ではなかったが、不本意ながらも、ニューハーフを名乗って過ごしてきた凪沙にとって、なんとなく気になる存在ではあった。なにより、性別というのが曖昧なものだったというのが、面白かった。もともとはっきり男と女に分けようとは神様も思っていなかったのかもしれない。そう思うとなんとなく慰められるものがあった。

聖書を読むことは、凪沙にとって祈りだった。一果の幸せを願い、一果の成功を願う。

もう、自分のことすらほとんどできない凪沙は、神を信じ、神を頼るほかに術はなかった。

しかし、すぐに細かい文字などは読めなくなった。それからは、ただただ、ひとつのことだけを願って、気力だけで生きてきた。

お風呂にはなんとか体を入れることができたが、体を洗う体力もない。

それでも、風呂に浸かって、体を拭くと、随分さっぱりした気分になった。

風呂から出ると、一果が腕をつかんで、誘導してくれた。

久しぶりに嗅ぐ、温かい食べ物のいい匂いがする。

「はいどうぞ」

凪沙は一果が持たせてくれた箸で、静かにゆっくりと食べ始めた。

「おいしい」

少しこげていたけれど本当に美味しかった。ひどく懐かしい味がする。

「ハチミツの生姜焼きだよ」

得意げに一果が言うので、凪沙は笑った。

「……それ私のレシピじゃない？」

「もう私のもの」

「言い方間違ってるし。ハニージンジャーソテーだし」

「それ英語にしてるだけだし」

一果が作ってくれたものは美味しかったけれど、少し食べただけで、ひどく疲れてきた。

ちょっと油断すれば、肩で息をしそうになる。しかし、それには気づかず、一果は「よかった。元気で」とほほ笑んだ。凪沙は淡い笑顔を向けた。

美味しい、美味しいとは言ってくれたけれど、気づけば、凪沙の箸はほとんど止まったままだった。それでも、さっきのような冗談が言えるなら大丈夫。一果はそう思いたかった。

「ねえ一果」

「何？」

「お願いがあるの」

無理して長く話したせいか、凪沙の息が荒くなってきた。熱もあがってきたのか、汗が吹き出してくる。

「ねえ、大丈夫？　苦しそうだよ」

一果は凪沙の背中をそっとさすった。

「うん大丈夫。ねえ一果……明日、海行きたいの」

「海？」

思いがけない頼みに、一果は戸惑った。

「うん。ずっと行きたかったの。でも一人じゃ行けないから……連れてって欲しいの」

こんなに具合の悪そうな凪沙を一人で連れて、海に行くことなんてできるんだろうか。途中で、凪沙の体調がさらに悪くなってしまったら。そう考えると不安でたまらなかった。でも、凪沙の願いを叶えたかった。一果の夢をあんなに助けてくれた人の願いなのだ。

「わかった……」

一果が答えると、凪沙は力なくほほ笑む。そして、くるっと一果に背を向けた。

「あっ、いけない……忘れてた」

凪沙は手探りで、窓辺に置かれた水槽に向かって這い進んでいく。

「餌……あげないと」

そして、凪沙は金魚の餌を、一つまみ、二つまみと水槽に入れていく。

「お腹すいてたでしょ、ごめんねー」

しかし、凪沙が入れたエサは、金魚の口に入ることなく、ゆっくりとただ沈んでいく。

それは、ただコケで覆われ、濁った古い水だけが入った水槽だった。

一匹の金魚も泳いでいない。

しかし、何が見えているのか、凪沙は何かをその目で追いながら、真剣に水槽を眺めている。

「私だけおいしいもの食べてダメねー……いっぱい食べてねぇ」

その光景を呆然と見ていた一果は知った。

凪沙は、狂ってしまったのだ、と。


その夜は、凪沙の部屋に泊まった。汚物を片っ端からゴミ袋に入れ、窓を開け放って換気をしたので、臭いは随分ましになった。

必ず連絡するようにと言われていたので、実花に凪沙が見つかったことだけを伝える。詳しい状況などはいくら実花先生とはいえ、話すのは憚られた。とはいえ、言いにくそうな様子から、彼女は何かを察したようだった。

そして、翌日、一果はかなり早い時間から準備を始めた。外に出るための凪沙の着替えがなかなか見つからなかったり、おむつを替える手伝いを断られ、凪沙がひとりで何とかするのを待ったりと、時間がかかったが、それでも午前中の早い時間に家を出ることができた。

凪沙に肩を貸しながら、ゆっくりと歩いていく。自分の身体をささえる力が弱っているのか、ものすごい重みが、一果の肩にかかった。

一果が選んだ交通手段は、バスだった。ほとんど乗り換えなく海に行ける路線が運よく近くを通っていたのだ。

バスに揺られ続け、開いた窓から海の匂いがしてきたのは、もうお昼を過ぎた頃だった。凪沙はサングラスの奥の目を細めて、海の匂いを嗅いでいた。

バスに乗っているときはまだいいものの、乗り換えを一つするだけでも、大変で、一果たちは何本もバスを逃した。土地勘のない一果が、行き先の表示から、乗り換えるべきバスを見極めるのも難しかった。

「うわぁ……潮のいい匂いがする」

海のすぐそばのバス停で降りると、凪沙はぱっと笑顔になった。

それだけでも、連れてきてあげてよかったと、思うような笑顔だった。

しかし、顔は真っ青だった。寒いのかぶるぶると震え、額には汗が浮かんでいる。昨日よりもさらに具合が悪そうに見えた。

「もっと近くまで連れてって」

一果は少し迷ったが、凪沙に言われる通りに、海へと誘導した。凪沙は足が砂にとられる感触に微笑みを浮かべ、波の音にうっとりと耳を澄ませる。

一果と凪沙は波打ち際近くに腰を下ろした。

「波の音もいいわ。ありがとうね、一果」

言い終える前に、咳の発作に襲われ、凪沙は大きくせき込む。

手術部分が壊死し、常に発熱しているようになって数か月が過ぎた。いつ墜落してもおかしくないような状態にもかかわらず、凪沙の命は低空飛行を続けていた。自分の命が思いのほか続いたことを、凪沙は恨んでいたが、こうして一果に会えたのだから幸せだと思った。

「神様に感謝しなきゃね」

そう言って、また咳込んだ。

「ねえ……本当に大丈夫？」

「うん、心配しないで」

一果が引き寄せてくれたので、凪沙は一果の肩に頭を預ける。

一果はバッグのポケットから封筒を取り出し、凪沙に持たせた。

封筒には一果の名前が英語で書かれている。それは、実花がくれた「卒業証書」だった。

「なにこれ？」

もたされたものを、そっと手で探りながら、凪沙が尋ねる。

「わたし、イギリスのバレエ学校にいくことになった」

「……本当？」

青白い顔が、ぱっと輝いた。

「うん。奨学金とれたんだ」

凪沙は、一果の頭を撫でて、抱きしめる。

「おめでとう」

「世界で踊りたいの」

「そうね……あの町は、一果には小さすぎるね」

凪沙は泣きながら、微笑んだ。

凪沙の手が急にだらんと下がってきた。封筒ひとつ持つのも重そうだった。荒い息を吐きながら、がたがたと震える凪沙に、一果は自分のパーカーをかけてやる。

「ねえ、帰ろ。病院行こ」

しかし、一果の声はもう凪沙に届いてはいないようだった。

凪沙はゆっくりとサングラスを外すと、また何かを追うように、視線をゆっくりと動かした。

「可愛い」

「何が？」

「女の子」

凪沙の目にだけ、スクール水着を着た子供が水辺で遊んでいるのが見えた。それは、子供の頃の凪沙だった。スクール水着を着て、幸せそうに笑っている。

「女の子？」

一果は不安で、もう泣きそうだ。

「小学生のときね……学校で海に行ったの……私、なんで男子の海パンなんだろうって……なんでスクール水着じゃないんだろうって……」

凪沙の顔色は真っ白だった。一果は凪沙の腕をつかむ。服越しでも熱を持っているのがわかった。

「ねえ、お願い。もう行こうよ……」

「私、なんで女子じゃないんだろう……って」

「ねえって行こうってば。病院行ったほうがいいよぉ」

凪沙を揺り動かす。

「物心ついたときから太陽を見るのが好きだったの。あの時も、太陽を見上げて、他の何にも見ないようにして」

凪沙はまぶしく光る太陽を見あげた。少女の頃のように、大きく顎をあげて、じっと見つめる。一果は不安に胸が押しつぶされそうになりながらも、顎をくっとあげた、凪沙の横顔を綺麗だと思った。

凪沙は淡雪のように今にも消えてしまいそうな笑みを浮かべ、また海を見やる。

「綺麗……」

「もうやだ……何？　何もいないよ」

一果の声は震えている。

「白鳥が浮かんでる」

凪沙には一羽の大きな白鳥が海原に浮かんでいるのがはっきりと見えていた。

白鳥は羽を何度か試すように動かすと、大きく広げて、空へと舞い上がった。力強く羽を動かし、ぐんぐんと空を駆け上がっていく。

「海に白鳥がいるわけないよ……ねえって……しっかりして。ねえ、お願いだから行こうよぉ……」

凪沙の目が虚ろになっている。

もはや輝きが失われようとしていた。

一果はようやくわかった。

凪沙は、死のうとしている。

決めていたのだ、凪沙は。

海で、死のうと。

「ねえ、踊って」

凪沙が言う。

「やだ……やだよぉ」

一果はぼろぼろと泣きながら、駄々っ子のように言った。怒りと悲しみが同時にこみ上げてくる。生きようとしてほしい。しかし、凪沙の身体がもう限界を迎えていることは一果にもなんとなくわかった。

「お願い……一果、お願い。私は、一果の踊る姿だけを見たくて生きてきたの」

凪沙は幸せそうに微笑む。

本当ならば、一果と別れた広島で自分は死んでいたのだ。でも、肉体は死なずに残り続けたから、いっそ、手術のアフターケアをせずに、死んでいこうと思った。でも、なかなか死ななかった。

思った通りには全然ならなかったけれど、おかげでこうして、また一果が踊る姿を見ることができる。

「お願い、白鳥を……踊って……」

凪沙の声は波音にかき消されるくらい小さくなっていた。

一果がゆっくり立ち上がりオデットのヴァリエーションを踊り始めた。あの日、コンクールの決勝で踊るはずだった踊り。凪沙の羽飾りをつけて踊るはずだった曲。

青い海と、青い空に向かって、一果は踊った。

凪沙にも見えると信じて、思いを込めて、踊り続けた。

「美しいわ……」

凪沙は呟いた。

凪沙の目には、以前よりも成長し、今にも世界に飛び出そうというエネルギーにあふれた一果の踊りがうつっていた。頭にはもちろん凪沙の羽飾りをつけている。

凪沙は微笑み、ゆっくりと目を閉じた。

踊り終えて、凪沙を振り返る。

凪沙はまるで、眠ったように動かなかった。

近づかなくても、大切な何かが凪沙の身体から失われてしまったことがわかった。

もう、あの唇が動いて、一果と呼びかけることはないのだ。

一果は凪沙の身体を抱きしめる。記憶よりもずっと薄い体。

まだ、あたたかい。

涙で前がぼやけていく。

やっと会えたのに。

一果は嗚咽する。苦しかった。

りんも死に、凪沙も死んだ。

自分が生きる必要なんてもはや感じなかった。

天国に行けば二人に会える。

一果はまっすぐ海に向かって歩き出した。波に靴が濡れても構わず、歩いていく。

そして、そのまま、海に入った。波に乱暴に押し戻されても、一果は足を止めることなく、どんどん進んでいく。

やがて水は膝に届き、腰に届き、そして、ついに肩まで達した。

「待ってて」

天国の二人に向かって一果は呼びかける。

その瞬間、背後から、羽を揺らす音が聞こえた。

一果は思わず足を止めて振り返る。

羽根を宙に散らしながら、何かが海を蹴って、空へと飛び立つのが見えた。

「白鳥」

思わず、一果は呟く。

大きな影は一果の頭上を一度優雅に旋回し、力強く羽ばたくと、まっすぐ太陽に向かって飛び続ける。

そして、そのまばゆい光に溶けるように、消えていった。